The Womanizer

Hot Business 1

Hübsche Kolleginnen sind gute Kolleginnen

AF219866

The Womanizer

Hot Business 1

Hübsche Kolleginnen sind gute Kolleginnen

Bibliografische Informationen der Deutschen Nationalbibliothek
Die Deutsche Nationalbibliothek verzeichnet diese Publikation in der
Deutschen Nationalbibliografie; detaillierte bibliografische Daten sind
im Internet über dnb.dnb.de abrufbar.

Printed in Germany

ISBN 978-3-7519-8942-8

Herstellung und Verlag: BoD – Books on Demand, Norderstedt

Hot Business 1

Hübsche Kolleginnen sind gute Kolleginnen

The Womanizer

Inhaltsverzeichnis

Hot Business

Seit 20 Jahren arbeite ich nun schon als TV-Produzent. Angefangen habe ich als angestellter Mitarbeiter, stieg auf zum Vize und übernahm schließlich die große Company. Ja, wer kann, der kann! Ich bin nun schon 17 Jahre mit meiner heutigen Ehefrau Andrea zusammen und habe 2 tolle Kinder mit ihr. Und trotzdem habe ich sie unzählige Male sexuell betrogen. Still going.

Vielleicht ist Fremdgehen das schönere Wort. Oder einfach Spaß haben mit anderen Frauen, mich sexuell ausleben. In jeder Firma gibt es hübsche und willige Frauen, die bereit sind auf mehr. Die Lust haben, sich verführen zu lassen und mit dem Womanizer in die Kiste zu springen. Kolleginnen, Praktikantinnen, Geschäftspartnerinnen – die Liste jener ist lang. Und sexy.

Als ich mir einen Überblick in meinen Unterlagen verschafft habe, war mir klar, dass es ganze 3 Bücher benötigt, um Euch meine heißesten Affären mit meinen schärfsten Kolleginnen zu präsentieren. Dies ist Band 1. Isabel war die Erste neben Andrea, mit ihr erlebte ich heiße Nächte in Köln. Melly wurde zu meiner Affäre und Andrea fast schon gefährlich. Sandy war ein Luder der Basic-Instinct-Sorte. Die Holländerin Linda eine mächtige Geschäftsfrau, die mich nach dem Sex aber eiskalt abservierte. Dafür rächte ich mich.

Joanna war für unsere neue Firmen-Webseite zuständig, doch sie widmete sich auch meinen sexuellen Bedürfnissen. Die junge Nancy war zwar äußerst dumm, aber dumm fickt gut. Silke wollte verhüten, auf einmal war sie schwanger. Ich musste handeln. Lucy erlebte ein Praktikum, dass weder sie, noch ich je vergessen werden. Mary und Iris vögelte ich in Dänemark. Und das Wiedersehen mit meiner Jugendliebe Raliza auf Businessebene wurde schnell privat und versaut.

„Hot Business" habe ich diese erotische Buch-Reihe genannt, ganz nach dem Motto: Hübsche Kolleginnen sind gute Kolleginnen! Ich wünsche Euch viel Freude und heiße Stunden beim Lesen und mir Nacheifern.

Euer Womanizer

Isabel

Ich war sehr glücklich mit meiner Freundin Andrea. Wir waren nun schon 7 Monate zusammen. Andrea hatte ihr Praktikum erfolgreich abgeschlossen und widmete sich voll und ganz ihrem Studium. Nebenbei jobbte sie als Kellnerin in einer schicken Bar. Wir sahen uns fast täglich, und wenn ich beruflich unterwegs war, telefonierten wir.

Dann kam ein Auftrag, für den ich 3 Tage nach Köln musste. Mit 2 Kollegen flog ich in die Dom-Stadt, um dort eine große TV-Produktion zu unterstützen. Abgeholt wurden wir von Isabel, einer bildhübschen 23-jährigen Produktionsassistentin. Sie war groß, etwa 1,78 m, und sehr schlank. Ihr bezauberndes Lächeln machte sie zu einer sehr reizvollen Frau. Wir unterhielten uns nett, mehr nicht. Schließlich war ich ja in einer festen Beziehung und sehr glücklich. Fremdgehen war nie ein Thema für mich gewesen.

Nach dem ersten Drehtag rief ich Andrea an und wir telefonierten satte 40 Minuten. Das wird teuer, dachte ich, aber das war es mir wert. Ich vermisste sie und war happy, ihre Stimme zu hören. Als ich das Studio in Richtung Hotel verlassen wollte, da hörte ich eine zarte weibliche Stimme nach mir rufen: „Na, immer noch hier?" Es war Isabel. Sie war auch gerade am Gehen, oder hatte sie auf mich gewartet?

„Ja, es war ein echt langer Tag", sagte ich, „aber jetzt ist endlich Feierabend." „Hast Du Lust, noch etwas trinken zu gehen?", fragte sie. Warum nicht, dachte ich. Wir verließen zusammen die Firma und fuhren in die City. Isabel führte mich in ihre Lieblings-Bar und wir tranken verdammt leckere Cocktails, mit viel Alkohol natürlich. Wir verstanden uns prima. Isabel erzählte mir, dass ihr Freund gerade in Amerika sei – für ein halbes Jahr.

Sie denke oft an ihn und vermisse ihn, wisse aber nicht, ob er der Mann ihres Lebens sei. Wohl eher nicht, meinte sie. Ich erzählte ihr von Andrea und meiner Beziehung, wie alles anfing, sie hörte interessiert zu. Dann aßen wir eine Kleinigkeit und unterhielten uns über unsere Arbeit.

Wir kamen auf Alfred Hitchcock zu sprechen und stellten fest, dass wir beide Fans von seinen Werken sind. Isabel schlug vor, zu ihr nach Hause zu fahren und „Die Vögel", Hitchcocks Meisterwerk, auf DVD zu schauen. Okay, dachte ich, da wird schon nichts passieren, sie hat ja einen Freund und ich eine Freundin, es wird einfach ein netter Abend.

Ein netter Abend wurde es, aber anders, als ich erwartet hatte. Bei ihr angekommen, drückte sie mir ein Bier in die Hand und verschwand im Bad. Als sie zurückkam, stockte mir mein Atem: Sie trug Hot Pants und ein enges T-Shirt ohne BH darunter. Sie sah so verdammt sexy aus mit ihren langen Beinen.

„Die Vögel" ist einer meiner absoluten Lieblingsfilme, doch das Schauvergnügen endete bereits nach 15 Minuten. Isabel rückte immer enger an mich heran, und auf einmal spürte ich ihre Hand auf meinem Oberschenkel. Als diese immer höher wanderte, unterbrach ich: „Warte mal, was machst Du da? Du hast doch einen Freund."

„Vergiss ihn, der ist weit weg", hauchte sie. „Aber meine Freundin …" „Die ist auch weit weg, hier sind nur Du und ich, wir beide, und wir können eine wunderschöne Nacht zusammen haben." Ich stutzte. „Gefall ich Dir nicht?" „Doch", bestätigte ich, „Du gefällst mir sehr." „Und Du gefällst mir auch, also verkrampfe nicht, schließe Deine Augen und genieße, lass Dich gehen." Ich ergab mich und ließ sie gewähren. Isabels rechte Hand wanderte zu meiner empfindlichsten Stelle und strich mir sanft über die Hose.

Ich genoss es. Meine Augen waren zu, ich hörte ihren Atem näherkommen, dann küsste sie mich. Zuerst sachte und vorsichtig, dann immer wilder und leidenschaftlicher. Ihre Hand rutschte unter mein Hemd, ihre langen, dünnen Finger wussten genau, was mir gefällt. „Komm, fick mich", flüsterte sie. Das ließ ich mir nicht zweimal sagen. Schon war meine Hose unten, und auch Isabel war schnell nackt. Sie hatte einen wunderschönen Körper:

Geile, feste Brüste und eine süße, teilrasierte Muschi. Ohne Kondom drang ich in sie ein und fickte sie wie wahnsinnig. Der Sex mit Isabel war härter und triebgesteuerter als der mit Andrea.

Nach 10 Minuten kam ich in ihr und fast gleichzeitig hatte sie ihren Orgasmus. Wir sackten erschöpft auf dem Sofa zusammen und lagen uns wortlos in den Armen. „Das war geil!", sagte sie. „Du kannst verdammt gut ficken." „Danke", entgegnete ich. Stille. Gedanken.

Andrea war in meinem Kopf, Schuldgefühle kamen in mir hoch, ich wurde unruhig. Mir wurde klar, was ich da eben getan hatte: Ich hatte meine Freundin betrogen, die Frau, die ich liebe. Asche auf mein Haupt. Isabel merkte, dass irgendetwas nicht stimmte: „Was ist los? Denkst Du an Andrea?", fragte sie mich. „Ja", sagte ich leise, „ich habe sie gerade betrogen."

„Ach, mach Dir keine Sorgen", meinte sie. „Du kommst nach Hause, und alles ist okay. Sie liebt Dich, sie wartet auf Dich, das wird sie nie erfahren, das war Spaß, Sex, mehr nicht. Du liebst sie, nicht mich." Ich war stumm, mir ging so vieles durch den Kopf. „Ich glaube, es ist besser, ich gehe jetzt", murmelte ich. „Wenn Du meinst ..."

Ich zog mich an und verschwand. Mir war das alles so peinlich und ich konnte die Nacht kaum schlafen. Immer wieder musste ich an Isabel und den Sex mit ihr denken, an meine Freundin Andrea zu Hause, und an vieles mehr. Warum? Warum ist das passiert, fragte ich mich. Aber Antworten fand ich keine.

Am nächsten Morgen sah ich Isabel wieder. Sie war echt lieb und fragte mich sofort, wie es mir geht. „Okay", sagte ich, „den Umständen entsprechend. Ich habe wenig geschlafen, bin müde, mein Kopf ist leer." „Lass Dich nicht hängen, das wird schon", munterte sie mich auf, „Komm, an die Arbeit!"

Der Tag verging wie im Flug. Isabel schaffte es, mich wieder aufzuheitern. Plötzlich klingelte mein Handy. Es war Andrea. „Hallo Schatz, wie geht's Dir?", fragte sie. „Gut, danke, und Dir?" „Auch gut, ich vermisse Dich." „Ich Dich auch." Isabel stand neben mir und lauschte. Ich erzählte Andrea natürlich nichts von Isabel und dem, was passiert war.

„Viel Arbeit, viel Stress, nette Leute, alles gut, ich freue mich schon sehr auf Dich." „Siehst Du, ist doch alles kein Problem, oder?", grinste Isabel. „Nein", bestätigte ich. „Puh, war aber echt heftig, mein Herz hat geklopft wie ein D-Zug." Wir lachten.

Ich merkte, dass es gar nicht so schlimm war, meine Freundin zu belügen. Ich wusste, dass Andrea niemals von dieser Geschichte erfahren würde. Ich kann schweigen, gut schweigen. Den ganzen Tag überlegte ich, wie sich wohl der Abend gestalten würde. Wird mich Isabel noch einmal fragen, ob ich Lust hätte, mit zu ihr zu kommen? Soll ich sie fragen? Möchte ich das überhaupt? Möchte ich noch mal Sex mit ihr? Die Antwort war klar: Ja, ich will!

Als wir mit der Arbeit fertig waren, fragte ich sie: „Und, was hast Du heute noch vor?" „Nichts", meinte sie. „Am liebsten würde ich den Abend mit Dir verbringen, aber ich weiß ja nicht, ob Du das auch möchtest."

„Gerne", antwortete ich. „Komm, lass uns gehen." Und so kam es, wie es kommen musste: Wir hatten wieder geilen Sex und genossen die Freiheit, die wir uns beide gaben. „Das war echt wieder superschön mit Dir", sagte ich. „Dito", war ihre Antwort. Diesmal fühlte ich mich nach dem Sex mit Isabel richtig wohl, keine Schuldgefühle oder Gedanken an Andrea.

Ich wusste, ich sehe meine Freundin am nächsten Tag wieder und alles wird so sein wie immer. Ich genoss den Abend mit Isabel, wir schauten noch DVD und gingen dann ins Bett, wo sie erneut begann, an mir herumzuspielen.

Sie küsste mich am ganzen Körper und gab mir einen Blowjob vom Allerfeinsten. Immer, wenn ich kurz vor dem Orgasmus war, stoppte sie, um dann wieder richtig los zu saugen. Schließlich kam ich. Sie ließ mein Sperma genüsslich aus ihrem Mund herauslaufen – was für ein Bild! Das törnte mich so an, dass ich sie direkt danach in allen Varianten durchvögelte. Isabel genoss den Sex sicht- und hörbar. Ich blieb die Nacht bei ihr. Früh am Morgen hatten wir dann noch einmal geilen Sex.

16 Uhr ging mein Flieger zurück nach München. Unter 4 Augen verabschiedete ich mich von Isabel, wir knutschten ein bisschen, das war´s. „Ich würde mich freuen, Dich wiederzusehen. Wenn Du mal wieder hier bist, können wir wieder enorm viel Spaß zusammen haben." „Ja, sehr gerne", antwortete ich. „Mach´s gut, Isabel, es war schön mit Dir. Danke."

Melly

Das neue Jahr startete mit einem heftigen Knall. Unser Chef war mit einigen Kollegen unzufrieden und kündigte gleich 5. Das war heftig. Ein paar Tage später, ich war gerade auf dem Weg in mein Büro, kam eine hübsche Blondine zu mir in den Fahrstuhl. Ich musterte sie. Sie war nervös, etwas zittrig, sie schaute in den Spiegel und richtete ihr Haar.

„Keine Sorge, alles sitzt prima", eröffnete ich die Konversation. „Wie bitte?" schreckte sie auf. „Ihre Haare, alles in bester Ordnung, sieht gut aus", beruhigte ich sie. „Ah, okay, danke", stammelte sie. „Kann ich Ihnen helfen?", fragte ich sie. „Ich habe einen Termin mit Herrn Müller, ein Bewerbungsgespräch." „Na, dann kommen Sie mal mit, ich bringe Sie hin", bot ich ihr an und führte sie in das Büro meines Chefs.

Sie wurde eingestellt, und wenige Tage später startete sie bei uns. Als ich sie wiedersah, war sie überglücklich: „Ich hab's geschafft! Sie arbeiten auch hier, oder?" „Ja, schon seit einigen Jahren. Ich bin hier für die Produktion der TV-Shows zuständig." „Na, dann werden wir wohl öfter zusammenarbeiten", meinte sie grinsend. „Ich bin die Melina, genannt Melly." Ich freute mich.

Melina war circa 1,70 m groß und äußerst schlank. Sie hatte mittellange, blonde Haare und ein sehr hübsches Gesicht. In der Mittagspause erzählte sie mir einiges über sich: „Ich bin 24, habe nach der Schule eine Ausbildung zur Kamerafrau gemacht und arbeite seit 2 Jahren in der Branche. Ich möchte Regisseurin werden und große Filme produzieren."

Ich informierte sie über meinen beruflichen Werdegang und meine Aufgaben in der Firma. „Da kann ich sicher voll viel von Dir lernen", strahlte sie mich an. Ich strahlte mit. Die nächsten Tage lernte ich Melly immer besser kennen. Wir verbrachten nicht nur Großteile unserer Arbeitszeit zusammen, sondern auch die Pausen.

Wir verstanden uns sehr gut und hatten denselben Humor. Sie wurde zu meiner inoffiziellen Assistentin. Zusammen flogen wir nach Hamburg, um eine Produktion zu unterstützen.

Wir wohnten Hoteltür an Hoteltür, doch viel Zeit blieb uns erst mal nicht. Das Studio war 10 Minuten entfernt, die Kollegen erwarteten uns schon händeringend. Es war 21 Uhr, als wir uns auf den Weg zurück ins Hotel machten. „Puh, war das ein anstrengender Tag", jammerte Melly. „Ich habe einen Riesenhunger." „Ich auch. Komm, wir gehen was essen."

Das Hotelrestaurant war genau richtig. In einem netten, gemütlichen Ambiente ließen wir es uns schmecken. Wir quatschten noch eine halbe Stunde, bevor wir uns verabschiedeten und auf unsere Zimmer gingen. Ich rief Andrea an, wir telefonierten 20 Minuten. Dann legte ich mich aufs Bett und begann zu lesen, als es plötzlich an meiner Tür klopfte.

„Wer ist da?" „Ich, Melly." Ich öffnete. „Darf ich reinkommen?" „Klar", antwortete ich. Sie hatte ihren Laptop unter dem Arm und setzte sich auf mein Bett. „Hast Du Lust, noch einen Film zu schauen? Ich habe einige gute auf dem Rechner." „Ja, gern, was hast Du denn da?"

„Die Batman Filme, die Scary Movie Reihe, andere Komödien ..." Weiter ließ ich sie erst gar nicht reden. „Scary Movie ist cool!" „Lass uns den zweiten Teil schauen, den finde ich am geilsten", meinte sie und bereitete das Spektakel vor. Wir holten uns 2 Cola aus der Minibar und lümmelten uns aufs Bett.

Wir lagen nun nebeneinander und lachten ordentlich ab. Dieser Film ist echt hammerlustig! Dann kam die Szene, als der Typ und das Mädchen in der Eiskammer gefangen waren und er sie dazu bewegte, ihm einen runterzuholen. Sie wichste ihm die Nudel, bis er eine unrealistische Wahnsinnsladung abspritzte.

Melly schaute mich während jener Sequenz immer wieder an. Sie rückte auch immer näher an mich heran, wir hatten nun schon Körperkontakt. Als der Film zu Ende war, ließen wir die lustigsten Momente Revue passieren. „Als die Tussi dem Typ einen runterholte, bin ich geil geworden", lachte Melly.

„Ja, das war so krass, das muss man sich mal vorstellen. Der Kerl spritzt sie voll weg." „Weißt Du, auf was ich jetzt Lust habe?", fragte sie mich mit einem verführerischen Blick. „Auf was?", fragte ich zurück. „Auf eine wohltuende Massage. Ich bin echt fertig, das war ein anstrengender Tag. Jetzt ein bisschen Entspannung und Zärtlichkeit, das wäre toll."

Ich überlegte kurz. Melly war eine tolle Frau, sie gefiel mir, Sex mit ihr konnte ich mir gut vorstellen. Das einzige Problem sah ich darin, dass wir Kollegen waren und ich sie nicht so schnell loswerden konnte. Noch bevor ich ihr eine Antwort gab, zog sich Melly ihr T-Shirt und ihre Jeans aus und schmiss sich aufs Bett. Da lag sie, halbnackt, nur mit einem String bekleidet.

Sie hatte einen wunderschönen Rücken, einen süßen Po und Beine wie eine Prinzessin. Ihr Kopf lag seitlich, ihre Augen waren geschlossen, sie atmete ruhig und entspannt. Ich konnte nicht widerstehen. Ich holte Bodylotion aus dem Badezimmer und zog meine Jeans aus. In T-Shirt und Unterhose begann ich, sanft ihren Körper zu massieren und zu kneten.

„Oh, ist das schön", hauchte sie mit engelszarter Stimme. „Du kannst das voll gut." Ihr Rücken fühlte sich toll an, weich, warm und gesund. Je tiefer meine Hände arbeiteten, desto aufgeregter wurde ich. Wie gerne hätte ich ihren Po berührt, doch ich traute mich nicht. Sie wusste, dass ich in festen Händen war, das blockierte mich.

Nach einer halben Stunde setzte sie sich auf, drehte sich oben ohne zu mir und sagte: „Das war eine superschöne Massage. Danke. Jetzt bist Du dran, verwöhnt zu werden." Sie zog mir mein Shirt aus, ich legte mich hin und entspannte mich. Melly knetete und streichelte meinen Rücken und meine Beine.

„Und, gefällt Dir das?", fragte sie mich. „Ja, sehr", erwiderte ich. Dann kam es: „Du hast einen voll knackigen Po, darf ich den auch massieren?" „Klar", antwortete ich. Schwupps, zog sie mir die Unterhose aus und betastete meinen Po. „Der fühlt sich geil an", lobte sie. „So einen knackigen Arsch habe ich noch nie gesehen. Nicht einmal mein Freund hat so einen."

Ich schluckte. „Du hast einen Freund?" „Ja, schon seit 3 Jahren. Wir sehen uns aber nur selten, da er bei der Bundeswehr arbeitet und viel unterwegs ist. Aber das ist okay. So habe ich meine Freiheiten. Ich weiß auch, dass er mir nicht ganz treu ist, aber wer ist das schon." Recht hatte sie.

Langsam wurde ich nervös, und zwar sexuell. Mir war klar, dass Melly mehr wollte. „Kannst Du Dich erinnern, was das Mädel mit dem Typen im Film machte?", fragte sie mich. Ich wusste genau, was sie meinte.

Ihre rhetorische Frage war klar zu durchschauen, aber ich stellte mich blöd. „Was meinst Du?" „Wie sie ihm einen runterholte." „Ja", erinnerte ich mich. „Wenn Du willst, mache ich das auch bei Dir." Pause. Ich blickte über meine Schulter nach hinten und sah ihr süßes Gesicht, ihre Brüste und ihren wunderschönen Körper.

Melly lächelte mich an. Ich drehte mich um, schloss meine Au-gen und ließ sie machen. Sie streichelte meinen Oberkörper, dann wanderten ihre Hände tiefer, bis sie an meinem mittlerweile vollsteifen Penis ankamen. Mit ihren cremigen Fingern umkreise sie ihn sanft und spielte mit meinen Hoden, bis sie ihn endlich in die Hand nahm und mit ihrer Faust umfasste.

Ich stöhnte auf, es fühlte sich umwerfend an. Sie grinste die ganze Zeit, es schien ihr wahnsinnig zu gefallen. Während sie mit der rechten Hand meinen Körper liebkoste, machte die Linke ernst und wichste meinen Schwanz auf und ab – mal schnell, mal langsam.

Nach 4 Minuten spürte ich meinen Orgasmus kommen. Ich hatte keine Chance, ihn weiter hinauszuzögern, dazu war alles zu geil. Hoch spritzte ich, sehr hoch. Die erste Ladung ging in ihr Gesicht, aber das störte sie nicht. Sie wichste bis zum Ende und presste die letzten Samentropfen aus mir heraus. Mir drehte sich alles. Was für ein Handjob. Er war mega!

Genüsslich leckte sie das Sperma von meinem Bauch und kuschelte sich an mich. Ich genoss Mellys Wärme und ihre Umarmung. „Du bist echt heftig gekommen, Du hast genauso wild abgespritzt wie der Kerl im Film", prustete sie los. Ich lachte mit. „Du hast es auch verdammt gut gemacht."

Wir schauten uns in die Augen und küssten uns. Sehr zärtlich, sehr romantisch. So küsste ich eigentlich nur Andrea. Mir war klar, dass Melly etwas Besonderes war. Den nächsten Tag konnten wir kein Auge voneinander lassen. Als wir mit der Arbeit fertig waren, stürmten wir ins Hotel und hatten zum ersten Mal richtigen Sex miteinander.

Melinas Muschi war unglaublich schön. Ein schmaler Schamhaarstrich führte von ihrem Venushügel zu ihrer Klitoris. Wir streichelten uns ewig, bis ich in sie eindrang. Wir hatten sehr zärtlichen und gefühlsintensiven Sex.

Zuerst in der Missionarsstellung, dann Doggy Style, zu guter Letzt in der Reiterstellung. Melly erreichte ihren Höhepunkt mit einem lauten Stöhnen, ich folgte kurz darauf. Mein Handy klingelte: Es war Andrea. „Hallo Schatz, wie geht´s?", begrüßte sie mich voller Freude. „Gut, und Dir?", antwortete ich.

Melly saß neben mir auf dem Bett, nackt, und hörte zu. Andrea erzählte mir von ihrem Tag und wollte wissen, wie es bei mir war. „Viel Arbeit, aber alles geschafft. Das sind Pfeifen hier, die haben von Tuten und Blasen keine Ahnung", meckerte ich. „Gleich gehe ich etwas essen und mache mir dann einen ruhigen Abend. Ich lese gerade das Buch, das Du mir geschenkt hast. Sehr spannend."

Ich wünschte Andrea eine gute Nacht und schickte ihr viele Küsse durchs Telefon. „Das war also Deine Freundin?", fragte Melina. „Ja", bestätigte ich. „Du liebst sie sehr, oder?" „Ja." „Du möchtest mit ihr alt werden?" „Ja." „Sie muss eine glückliche Frau sein, Dich als Freund zu haben. Mein Freund ist zwar auch ganz okay, aber wenn ich die Wahl hätte zwischen Dir und ihm, ich würde mich sofort für Dich entscheiden." Sie küsste mich.

„Danke, dass Du leise warst und mich nicht verraten hast", sagte ich. „Ist doch selbstverständlich, dass ich Dir da nichts kaputt mache, wir können ja auch so unseren Spaß haben, oder?", fragte sie mich mit einem verführerischen Blick. „Klar", antwortete ich. „Davon darf Andrea nichts wissen, und sie darf es auch niemals erfahren, verstanden?" „Logisch, das bleibt unser Geheimnis."

Nach dem Essen war erneut Sex angesagt. Melly zog mich aus und küsste meinen Oberkörper. Sie saugte an meinen Brustwarzen, bis diese hart waren. Dann glitten ihre Hände und Lippen immer tiefer, während ich immer geiler wurde. Schließlich war sie da, wo sie sein sollte: An meinem Schwanz. Sie nahm ihn in den Mund und verschluckte ihn voll.

Mein Penis ist nicht der Längste, im erigierten Zustand ist er etwa 15 cm lang, Durchschnitt also, aber diese 15 cm verschwanden komplett in Mellys gierigen Mund. „Deep Throat" wird so etwas in Porno-Kreisen genannt. Mit ihren zarten Lippen übte sie ordentlichen Druck auf meine Vorhaut aus.

Lange, tiefe Züge, dann kurze, schnelle. Sie machte mich wahnsinnig. Mehrmals stoppte ich sie, sonst wäre ich viel zu früh gekommen, dann ließ ich mich gehen. „Jetzt gleich!", stöhnte ich laut, was für sie das Zeichen war, den Job mit der Hand zu beenden.

Während ich abspritzte, leckte sie meine Eier und bekam einiges von meinem Samen ab, der in ihrem Haar, auf ihrer Stirn und ihrer rechten Wange landete. Es war ein Hammerorgasmus! Zur Belohnung leckte ich ihre saftige Pussy, bis sie bebend zu ihrem Höhepunkt kam. Am nächsten Tag sah ich Andrea wieder. Alles war wie immer, doch tief in meinem Herzen spürte ich etwas für Melly, Gefühle, die da eigentlich nicht sein durften.

Hatte ich mich in meine Kollegin verliebt? Nein, sicherlich nicht. Oder vielleicht doch? Ich war durcheinander. Die 3 Tage mit Melly waren superschön gewesen. Ich freute mich schon auf Montag und darauf, sie wiederzusehen.

Das Wochenende mit Andrea war leider etwas anstrengend. Andrea wollte unbedingt einen Ausflug an den Chiemsee unternehmen. Ich wollte lieber zu Hause bleiben und Musik machen. Ich spiele 4 Instrumente: Klavier, E-Gitarre, Schlagzeug und Bass. Ab und zu möchte ich abschalten, an nichts denken und frei sein. Das geht mit Musik am besten.

Andrea ließ nicht locker und überredete mich schließlich zum Trip. Ich war genervt und fügte mich meinem Schicksal. Viel lieber wäre ich jetzt bei Melly, dachte ich mir während der Fahrt. Dieser Wunsch wurde am Montag wahr, als ich die Süße wiedersah.

Andrea hatte gerade viel Prüfungsstress und war nicht einfach handzuhaben. Umso mehr freute ich mich auf den lockeren Umgang mit Melina. Wir arbeiteten nun täglich zusammen, ich organisierte meine und ihre Projekte so, dass sie immer bei mir war.

Ich liebte Andrea sehr, doch mir war klar, dass Melly mir auch sehr viel bedeutete. Ich wollte unbeschwingt Zeit mit ihr verbringen, tollen Sex mit ihr haben, mit ihr Lachen und sie besser kennenlernen. Doch wie sollte das funktionieren? Ich war in einer festen Beziehung, die ich nicht beenden wollte.

Die nächsten Wochen war ich hin und her gerissen. Klar hatte Andrea Priorität, aber ich nutzte jede Chance, um Zeit mit Melly zu verbringen, auch Freizeit. Andrea erzählte ich von Geschäftsessen oder Meetings und war dann 2 oder 3 Stunden bei Melly. Andrea schöpfte nie Verdacht, sie vertraute mir voll und ganz.

Es pendelte sich so ein, dass ich fast täglich kurz bei Melina war und wir Sex zusammen hatten, bevor ich zu Andrea fuhr oder sie zu mir kam. Mit Andrea aß ich dann zu Abend, wir kuschelten und hatten Sex, bevor wir Seite an Seite einschliefen. Oft aber redeten wir auch nur.

Ich merkte, dass sich die Beziehung mit Andrea verändert hatte. Es war nun deutlich mehr Stress in unserem Alltag und Umgang miteinander, wir waren gereizter und blökten uns sogar an. Das durfte nicht sein. Was war los? War Melly daran schuld? Oder ich?

Ich wusste es nicht, doch ich war auch nicht gewillt, mir darüber Gedanken zu machen. Arbeit, Melly, Andrea, das war der Ablauf, an den ich mich gewohnt hatte. Andrea durfte nichts von Melly erfahren, und Mellys Freund nichts von mir.

Ich lebte zweispurig, entfernte mich immer weiter von Andrea und genoss immer intensiver die Romanze mit Melly. Ich organisierte sogar einen 4-tägigen Kurzurlaub mit Melly in Paris, den ich Andrea als Arbeitstrip verkaufte. Melinas Freund machte auch keine Probleme, da sie ihm dieselbe Story erzählte. Dann kam der Tag, der mir die Augen öffnete. Rainer, mein bester Freund und Kumpel, stand heulend bei mir im Büro.

Er erzählte mir, dass seine Susi sich von ihm getrennt hat, und das nach 5 Jahren Beziehung. Die beiden wollten sogar heiraten und eine Familie gründen. Rainer war ein Playboy wie ich und hatte auch mal hier und da etwas neben seiner Beziehung am Laufen. Aber dass er eine Affäre über 6 Monate hatte, wusste ich nicht.

Als er immer weniger Zeit für die Susi hatte und kaum noch zu Hause war, wurde sie misstrauisch und spionierte ihm nach. Sie erfuhr von seinem Zweitleben, zog sofort aus der gemeinsamen Wohnung aus und verließ Rainer auf nimmer Wiedersehen. Rainer war völlig fertig, am Boden zerstört.

Ich kümmerte mich um ihn und beruhigte ihn, so gut ich konnte. Als er weg war, wurde ich nachdenklich. Was wäre, wenn mir dasselbe passiert? Ich öffnete die oberste Schublade meines Schreibtisches und holte ein Fotoalbum von Andrea und mir heraus. Ich schaute die Fotos an und begann zu weinen.

Vor Rührung, vor Freude, so eine tolle Frau an meiner Seite zu haben. Oft war ich ihr fremdgegangen, nie hatte sie etwas gemerkt. Nun die Sache mit Melly, die aus dem Ruder gelaufen war. Ich musste eine Entscheidung treffen: Melly oder Andrea. Auf der einen Seite stand meine Freundin Andrea, die ich von ganzem Herzen liebte. Wir waren fast 2 Jahre zusammen und ich war sehr glücklich mit ihr.

Unsere Beziehung hatte sich durch Melly verändert, sie war schwieriger geworden, doch sie hielt der Belastung stand und ich freute mich immer, sie zu sehen und bei ihr zu sein. Der Sex mit Andrea war nach wie vor toll. Sie war die Frau, mit der ich eine Familie gründen wollte, sie sollte die Mutter meiner Kinder sein. Mit ihr wollte ich alt werden.

Auf der anderen Seite stand meine Geliebte Melly, die für mich mehr war als irgendein Fick. Wir hatten nun schon knapp 6 Monate etwas, eigentlich ein Wunder, dass wir das so lange vor unseren Partnern verheimlichen konnten. Die Melly brachte mich zum Lachen, ich fühlte mich wohl bei ihr, der Sex war super, wir hatten viel Spaß zusammen.

Aber mehr als eine Affäre würde sie wohl nie werden. Sie heiraten? Nein. Eine Familie mit ihr gründen? Nein. Sie war etwas für den Moment, für eine Phase in meinem Leben. Ich hatte mich in sie verknallt und den Übermann gespielt, dabei den Boden unter den Füßen verloren und gedacht, das könne schön so weitergehen, das Lotterleben.

Mir war klar, dass ich mit diesem Doppelleben aufhören musste. Mir war auch klar, dass ich eine der beiden Frauen verlieren würde. Andrea wollte ich unter keinen Umständen verlieren, also stand fest: Ich musste das mit Melly beenden.

Am nächsten Tag nahm ich mit Melly unsere Henkersmahlzeit ein. Ich druckste herum. „Du, ich muss Dir etwas sagen." „Ich Dir auch", schoss es aus ihr heraus. Was dann kam, haute mich um. Sie lächelte mich an:

„Ich habe mich in Dich verliebt und möchte fest mit Dir zusammen sein." Oh mein Gott! Schlimmer kann es nicht kommen, dachte ich. „Aber das geht nicht, ich habe eine Freundin, und Du hast einen Freund", versuchte ich ihr diesen Gedanken auszutreiben. „Dann verlassen wir sie eben", konterte sie.

„Du liebst Deine Freundin doch kaum noch, Du verbringst mehr Zeit mit mir als mir ihr. Und mein Freund ist auch nicht der, den ich will. Ich hätte viel lieber Dich." „Aber das geht nicht." „Warum denn nicht? Mach Schluss mit Andrea und lass uns zusammen glücklich sein." „Ich kann nicht", meinte ich. „Ich will Andrea nicht verlieren, und so weitermachen kann ich auch nicht."

Sie schaute mich ernst an: „Soll das etwa heißen, dass Du mir den Laufpass gibst? Dass es aus ist?" Ich nickte. Ich versuchte, ihr meinen Standpunkt und meine Situation zu erklären, doch das interessierte sie herzlich wenig. Sie stand auf und verließ wütend und mit Tränen im Gesicht das Restaurant. Ich fühlte mich schuldig und zitterte am ganzen Körper. Das Essen ließ ich stehen, der Appetit war mir vergangen.

Die nächsten Tage sprach Melly kein Wort mit mir. All meine Versuche, ein vernünftiges Gespräch mit ihr zu führen, blockte sie eiskalt ab. Dann erfuhr ich, dass sie zum Monatsende gekündigt hatte. Nach nur 6 Monaten in der Firma. Ich war schockiert.

„Warum?", fragte ich sie. „Warum gehst Du?" „Wegen Dir", war ihre Antwort. „Was ist denn so schwer daran, vernünftig und in Ruhe über alles zu sprechen?", wollte ich wissen. „Es hätte so schön mit uns werden können, aber Du hast alles versaut", schoss sie zurück und ging. Gut, vielleicht ist es besser so, dachte ich. Ein paar Tage später mussten wir nach Zürich – es sollte unser letzter gemeinsamer Trip werden, und zum Glück ein versöhnlicher Abschied. Ein 3-tägiges Projekt erwartete uns.

Während der Fahrt schwiegen wir uns an. Ich hatte nicht den Mut, über uns zu sprechen, und Melly tat so, als würde sie schlafen. Am Abend, nach erledigter Arbeit, klopfte es an meine Zimmertür. Ich öffnete, es war Melly. „Darf ich reinkommen?", fragte sie mit gesenktem Haupt. „Äh, klar", antwortete ich überrascht.

19

Noch bevor ich die Tür schließen konnte, umarmte sie mich und drückte mich fest an sich. Sie weinte. Ich tröstete sie und streichelte ihr den Kopf. „Das ist so furchtbar", begann sie. „Ich wollte doch auch nicht, dass es so kommt, aber es ist halt passiert." „Was meinst Du?", fragte ich mit sanfter Stimme. „Dass ich mich in Dich verliebe", schluchzte sie.

Als sie sich beruhigt hatte, setzten wir uns aufs Bett und besprachen die Lage. Melina entschuldigte sich für ihr ablehnendes und strafendes Verhalten mir gegenüber, ich entschuldigte mich für das Zerstören ihrer Hoffnungen. „Wir beide haben Fehler gemacht und viel riskiert", sagte ich, „fast zu viel. Wenn wir jetzt aufhören, können wir das retten, was uns wichtig ist."

„Bin ich Dir denn überhaupt nicht wichtig?", wollte sie wissen. „Doch, Du bist mir sehr wichtig, das weißt Du", beruhigte ich sie. „Ich würde mich verdammt gerne weiter mit Dir treffen und Sex mit Dir haben, aber das geht nicht." Ich erzählte ihr die Geschichte von Rainer, und sie begann mich zu verstehen. „Manchmal im Leben gibt es Entscheidungen, die getroffen werden müssen, auch wenn sie einem wahnsinnig schwer fallen. Und das ist so eine.

Ich liebe Andrea wirklich, mit ihr möchte ich eine Familie gründen. Wenn ich sie verliere, weiß ich nicht, was mit mir passieren würde. Verstehst Du?" Sie nickte. „Bei mir ist auch alles durcheinander. Mit Patrick läuft es nicht optimal. Das mit Dir war so wunderschön, das wollte ich einfach haben. Du bist ein toller Mann, ich würde alles für Dich tun, sogar Patrick verlassen. Aber wenn Du keine Beziehung mit mir willst, dann muss ich das akzeptieren."

Ich fragte sie, ob ihre Kündigung endgültig sei, was sie bestätigte. Sie hatte sogar schon ein paar Vorstellungsgespräche organisiert. Sorgen um ihre Zukunft musste sich Melina nicht machen. Sie war gut, zuverlässig, kompetent und intelligent.

„Dann werden wir uns ab nächster Woche wohl nicht mehr sehen", meinte sie mit leiser Stimme. „Ja, sieht ganz so aus", bestätigte ich ihr. „Und zum Abschied, wollen wir uns da nicht doch noch lieb haben, was meinst Du?" Ich schaute sie fragend an.

„Ich möchte Dir zum Abschied noch einmal ganz nahe und glücklich mit Dir sein." „Okay", sagte ich, „aber Du weißt, dass es danach vorbei ist." „Ja." Ich nahm Melly in den Arm, wischte ihr die Tränen aus dem Gesicht und küsste sie zärtlich auf den Mund. Sie erwiderte den Kuss und legte meine Hand in ihren Schoß.

Die Zärtlichkeiten gingen in ein Liebesspiel über, das mit geilem Sex und krönenden Höhepunkten auf beiden Seiten endete. Es war so schön, so vertraut. Melly war glücklich, sie lächelte mich an und drückte mich fest an sich. „Ich werde Dich so vermissen", flüsterte sie mir ins Ohr. „Ich Dich auch", gestand ich ihr. Wir küssten uns und schliefen Arm in Arm ein.

Die nächsten 2 Tage vergingen wie im Flug. Wir arbeiteten, hatten tollen Sex und genossen die finalen Zärtlichkeiten, die wir uns geben durften. Die letzte Nacht mit Melly war wunderschön. Wir kuschelten ganz eng, Tränen flossen. Auch für mich war es schwer, Abschied zu nehmen, ich hatte mich an sie gewöhnt und fühlte mich sehr wohl mit ihr.

„Meine Süße, ich wünsche Dir alles Gute. Es war toll mit Dir, danke für alles." Wir küssten uns ein letztes Mal. Melly arbeitete noch 3 Tage bei uns, dann war sie weg.

Sandy

Ich war so froh, dass meine Affäre mit Melly nicht aufgeflogen war und dass ich gerade noch die Kurve bekommen hatte. Der Urlaub in Mailand schweißte mich und Andrea enorm zusammen und ich versprach mir, von nun an besser treu zu sein. Risiken wollte ich keine mehr eingehen, dafür war mir Andrea zu wichtig.

Die Zukunftsplanung sah vor, dass Andrea noch 1 Jahr für ihr Studium brauchte und dann ein paar Praktika machen wollte. Die nächsten 3 Wochen vergingen ohne besondere Vorkommnisse, doch dann kam Sandy. Sandy war ein aufgeschlossenes Mädel aus Berlin, die für 2 Wochen ein Praktikum bei uns absolvierte.

Sie brachte frischen Wind in die Bude. Mit ihrer lockeren Art sorgte sie für Stimmung und gute Laune den ganzen Tag. Sie plapperte wie ein Wasserfall, was aber keinen störte. Dazu kam, dass sie verdammt hübsch war und sich sehr sexy kleidete. Enges Top und Minirock, das war Sandy. Sie war einfach süß.

Sandy vernaschte gerne Männer. Nach ein paar Tagen erfuhr ich, dass sie bereits mit 2 Kollegen im Bett war. Benni und Sascha erzählten mir von ihrer Nacht mit Sandy. Ihren Aussagen zufolge war sie der absolute Hammer im Bett. Ich verspürte Lust und Neugierde, doch erinnerte mich an mein Versprechen. Was hatte ich mir geschworen: Treu zu sein. Genau.

An ihrem vorletzten Tag führte ich ein Abschlussgespräch mit Sandy. Mittlerweile waren auch Tom und Joe mit ihr in der Kiste gewesen, und auch ihre Berichte waren reine Lobeshymnen auf die hübsche Berlinerin. Ich sprach mit Sandy über ihre Zeit bei uns und gab ihr Feedback und Tipps für ihre Zukunft. Sie saß mir gegenüber, lächelte mich an und meinte, dass sie es hier sehr genossen habe und gerne ein weiteres Praktikum in unserem Haus absolvieren würde.

Ich sagte ihr zu. Dann passierte es: Basic Instinct. Wer kennt sie nicht, die legendäre Szene, in der Sharon Stone ihre Beine übereinander schlägt und dabei ihre Muschi präsentiert.

Weil sie kein Höschen unter dem Rock trägt. Genauso Sandy. Sie saß mir gegenüber, ihre Beine elegant gekreuzt, rechts auf links, ihr Minirock offenbarte ohnehin schon viel nackte Haut. Dann kam der Moment, der mich vor Aufregung lähmte.

Sie stellte ihr rechtes Bein am Boden ab und legte ihr linkes Bein darüber. Sie machte es langsam und ganz bewusst. Als ich ihre Pussy sah, verstummte ich und starrte wie gebannt in ihren Schoß. Etwa 4 Sekunden dauerte ihr Stellungswechsel, ich hatte genügend Zeit, alles zu sehen.

Sie hatte einen senkrechten, schön rasierten Schamhaarstrich, ihre Schamlippen waren deutlich sichtbar. Sandy schaute mich an. „Ist was?", fragte sich mich grinsend. „Du hast nichts drunter", stotterte ich. „Nee, hab ich nicht. Hab ich vergessen." Sie stand auf und kam auf mich zu. Mir wurde heiß. „Möchtest Du noch mal schauen?", säuselte sie mich an. „Ja, aber nicht hier", zitterte ich. „Wo denn?" Ich überlegte.

Ich wusste, dass Sandy die 2 Wochen bei Verwandten in München wohnte, also ging das nicht. Sie zu mir nach Hause nehmen? Nein, viel zu riskant. Die einzige Chance, die ich sah, war ein Stundenhotel. Ich kannte eines am Hauptbahnhof, dort fuhren wir hin. Wir checkten ein und mieteten ein Zimmer für 2 Stunden. Sandy zögerte keine Sekunde und strippte für mich. Sie hatte sehr schöne Brüste, die sie mir ins Gesicht drückte. Ich leckte ihre Brustwarzen und knetete ihre Titten.

Dann setzte sie sich auf einen Stuhl und wiederholte die Szene aus Basic Instinct. Ich sah genau hin. Wahnsinn! Sie hatte nichts drunter. Wie dreist, dachte ich, wie geil! Sandy genoss es, mich beben zu sehen und beauftragte mich, ihr den Rock abzustreifen. Das tat ich gerne. Nun hatte ich volle Sicht auf ihren Schambereich. So süß, so niedlich sah sie da unten aus. Mein Ständer drückte nun schon meine Hose ordentlich nach oben. Das sah Sandy natürlich: „Ui, was ist denn das? Lass mal sehen."

Sie öffnete den Reißverschluss meiner Jeans und holte meinen Dude ans Tageslicht. „Geil!", staunte sie und nahm ihn in den Mund. Ich lag auf dem Bett und ließ mir von Sandy einen blasen. Mit sehr schnellen Bewegungen saugte sie meinen Schaft auf und ab, bis ich ihr in den Mund spritzte.

Der Blowjob dauerte nicht länger als 4 Minuten, so gut machte sie es. Sie schluckte alles, ohne auch nur mit der Wimper zu zucken. „Und, war ich gut?", fragte sie. „Du warst super!", lobte ich sie. „Das war ganz große Klasse!" Sandy grinste: „Hast Du Lust, mich zu ficken?" „Ja, klar", sagte ich und begann, ihren schönen Körper zu küssen.

Dann legte ich mich auf sie und drang in sie ein. Ihre Pussy war eng, fühlte sich aber ziemlich benutzt an. Mit tiefen Stößen fickte ich sie 10 Minuten lang in der Missionarsstellung. Dabei beobachtete ich sie. Sie hatte ihre Augen geschlossen, ihre langen, blonden Haare bedeckten das Kopfkissen, ihre Brüste wippten im Ficktempo hin und her. Dann kam Sandy auf mich und ritt mich in der Reiterstellung zum Orgasmus.

Da wir kein Kondom benutzten, zog sie meinen Knüppel kurz davor heraus und wichste mit der Hand zu Ende. Mein Sperma spritzte an ihrem Bauch entlang hoch bis zu ihren Möpsen. Etwa 10 Ladungen waren es, bis ich mein Stöhnen einstellte und mein Glied in ihren Händen erschlaffte.

„Also, von den Jungs hier warst Du der beste Ficker", wertete Sandy. „Danke." Ich war stolz, fühlte mich aber gleichzeitig benutzt. So ein Luder, dachte ich, so eine Schlampe. Diese freche 22-jährige treibt es hier mit jedem und führt auch noch eine Rangliste. Egal, ich hatte das bekommen, was ich wollte, genau wie sie. Ein fairer Deal.

Wir zogen uns an und fuhren zurück ins Büro. Ich bat Sandy, Stillschweigen zu bewahren und keinem von unserem One Night Stand zu erzählen. Am nächsten Tag flog Sandy zurück nach Berlin.

Linda

Ein interessantes TV-Projekt erwartete mich, eine actiongeladene Show aus Amerika, die nun fürs deutsche Fernsehen produziert werden sollte. Unterstützung erhielten wir von Linda, die dieses Format in Holland erfolgreich umgesetzt hatte. Sie war 34 und eine absolute Karrierefrau. Elegant, dynamisch, hübsch, zielstrebig und sich ihres Könnens bewusst. Sie gefiel mir.

Wir arbeiteten ganz normal zusammen, bis sie mich eines Abends fragte, ob ich noch etwas vorhabe. Bevor ich antworten konnte, lud sie mich zu einem Geschäftsessen ins Hotel Hilton ein, wo sie residierte. Zuerst schleppte sich mich mit in ihr Zimmer: „Ich ziehe mich schnell um, mach es Dir auf der Couch gemütlich. Du kannst auch gerne die Minibar benutzen."

Ich setzte mich auf das Sofa und blätterte in einer Zeitschrift, bis ich bemerkte, dass Linda die Tür zum Bad offen gelassen hatte. Ich schaute um die Ecke und sah. Sexy schälte sich Linda aus ihrem Rock und entledigte sich ihrer Bluse. Ich wusste, sie spielt mit mir. Sie hatte ganz bewusst die Badezimmertür halb offen gelassen und verführte mich mit ihrem Strip.

Da stand sie in Slip und BH. Sie hatte einen schönen Körper, soweit ich das von der Ferne aus beurteilen konnte. 5 Minuten später stand sie neu eingekleidet in elegantem Top und Jeans grinsend vor mir: „So, wir können." Während des Essens unterhielten wir uns kaum über das TV-Projekt, sondern mehr über unsere berufliche Vergangenheit und unsere Ziele.

Linda war dick im holländischen TV-Geschäft und kurz davor, ihre eigene Produktionsfirma zu gründen. Ich hatte Respekt vor ihr, sie war eine Frau, die wusste, worauf es ankommt. Nach dem Essen geleitete ich sie auf ihr Luxuszimmer. „Komm noch mit rein", forderte sie auf, ihr zu folgen. Ich gehorchte. Ich wusste genau, was kommen würde. Linda zog mich zu sich und küsste mich. Ich spürte ihre Zunge tief in meinem Hals. Diese Frau ging ordentlich zur Sache.

Sie schubste mich aufs Bett und kniete sich über mich. Sie war dominant. Schnell flog ihre Jeans durch die Luft, ebenso ihr Top.

Ich knöpfte ihren BH auf, zum Vorschein kamen Hängetitten. Wie schade. Egal, weiter. Ich zog ihr das Höschen aus und sah zu, wie sie meinen Willy in sich hineinsteckte. Noch war er nicht ganz steif, aber das wurde er schnell. Lindas Muschi sah süß aus. Sie hatte sich ein zartes Schamhaardreieck zurechtgestutzt. Linda begann wilder auf mir zu reiten. Ihre schulterlangen, braunen Haare wehten durch den Raum, sie stöhnte geil.

Nach ein paar Minuten durfte ich aktiv werden. In der Missionarsstellung fickte ich sie ziemlich hart. Das gefiel ihr. „Weiter so, noch härter, noch schneller, noch fester!", drängte sie mich. Ich kam mit einem lauten Stöhner, sie mit einem ohrenbetäubenden Schrei. Erschöpft sanken wir beide zusammen. „Mann, das war endlich mal ein guter Fick!", lobte sie mich. „Was glaubst Du, wie viele Typen keine Ahnung von gutem Sex haben. Zu viele, das kannst Du mir glauben."

Diese Linda schien eine Männer fressende Frau zu sein. Ich war froh, dass ich ihre hohen Erwartungen erfüllen konnte. Eigentlich wollte ich mich noch kurz ausruhen, doch dazu hatte ich keine Gelegenheit mehr. „Danke für den Besuch. Ich muss jetzt noch an einem Skript arbeiten. Wir sehen uns morgen."

Das war eine klare Aufforderung für mich zu gehen. Ich zog mich an, verabschiedete mich und fuhr nach Hause. An diesem Abend hatte ich keine Lust auf Sex mit Andrea. Dieses Dominante an Linda hemmte mich. Wie kann man nur so hart werden, so kühl zu Männern? Auf der einen Seite bewunderte ich Linda, ihren Werdegang und ihre Darstellung als Geschäftsfrau, auf der anderen Seite machte sie mir Angst.

Ein paar Tage später hatte Linda wieder Lust auf Sex und griff erneut auf mich zurück. Ich spielte mit. Es reizte mich, mit dieser Frau Sex zu haben, auch wenn es nichts Besonderes war. Diesmal wollte sie oral verwöhnt werden. Ich leckte ihre Klitoris und ihre Schamlippen. Ihr Gesicht war verzerrt und angespannt – ihre Art zu genießen.

Schneller wurden meine Zungenspiele, bis sie explodierte und mir ihr Becken ins Gesicht drückte. 30 Sekunden dauerte ihr Orgasmus, ehe sie sich mit einem tiefen Seufzer fallen ließ und ihre Augen öffnete. „Das war der Hammer! So was Geiles habe ich lange nicht erlebt!", strahlte sie.

Ich freute mich und rechnete nun mit einem Blowjob, doch es kam anders. Linda zog sich an und setzte mich vor die Tür: „Wir sehen uns morgen, bis dann." Ich war sprachlos. Wie egoistisch kann man sein?! Das ist ja nicht mehr zu toppen. „Ich dachte, ich würde jetzt auch etwas bekommen", meckerte ich.

„Was denn?", fragte sie bissig. „Eine Gegenleistung. Du hattest Deinen Orgasmus, ich nicht." „Der Herr hat Forderungen?", sagte sie schnippisch. „Ist das zu viel verlangt?", fragte ich. „Nein, aber Sex gibt es nur, wenn ich es will, verstanden?" Ich hatte verstanden. Wütend zog ich meine Klamotten an und verließ das Zimmer. Die Tür knallte ich zu. Ich war sauer. Noch nie hatte mich eine Frau so behandelt. Was bildete sich diese Schnepfe ein? Der Anblick von Andrea beruhigte mich. Ich hatte solche Lust auf sie, dass wir es im Wohnzimmer trieben.

„Schatz, Du bist heute aber aufgedreht. Ist alles gut bei Dir?", fragte sie mich. „Ja, aber diese Linda, die ist so eine blöde Kuh. Ich bin froh, wenn die weg ist." Am nächsten Tag suchte Linda das Gespräch mit mir. „Ich muss mit Dir reden, auf der Stelle!", grimmte sie mich an. „In so einem Ton lasse ich nicht mit mir reden, schon gar nicht nach gestern", konterte ich. „Na warte, das wird Konsequenzen haben", drohte sie mir.

Die nächsten Tage behandelte sie mich wie Dreck. Sie machte mich vor den Kollegen lächerlich und genoss es, meine Kompetenz in Frage zu stellen. Die Befriedigung war Linda anzusehen. So konnte das nicht weitergehen, so etwas habe ich nicht nötig, mir gefallen zu lassen. Ich verbündete mich mit meinen Kollegen, die alle auf meiner Seite waren, und berief ein Meeting mit meinem Chef ein.

„Frau van Hauten scheint etwas gegen mich zu haben. Sie behandelt mich abfällig und mobbt mich, wo es geht. Vera, Gabi, Paul und Karl sind Zeugen. Ich schätze die Arbeit von Frau van Hauten sehr und hatte mich auf eine gute Zusammenarbeit gefreut, doch leider meint sie, mich von oben herab behandeln zu können, und das geht nicht.

Ihr Verhalten ist alles andere als professionell, so kann das nicht weitergehen." „Was schlagen Sie vor?", fragte mich mein Chef. „Ich möchte, dass Frau van Hauten ihre Arbeit hier beendet. Lassen Sie mich das Projekt zu Ende führen.

27

Ich bin kompetent genug, das zu schaffen. Sie konnten sich all die Jahre immer auf mich verlassen. Ich habe Sie nie enttäuscht. Schicken Sie die Lady nach Hause und lassen uns hier in Frieden die Show fertig produzieren." Mein Chef paffte an seiner Zigarre. Ich wartete. Er schaute in die Runde: „Wer ist dafür, dass Frau van Hauten geht?" Alle hoben die Hand. „Okay, die Show gehört Ihnen. Frau van Hauten verlässt uns morgen. Enttäuschen Sie mich aber nicht."

„Nein Chef. Danke, Chef!", jubelte ich und verließ mit meinem Team fröhlich das Büro. „Danke, dass Ihr zu mir steht", bedankte ich mich bei Vera, Gabi, Paul und Karl. „Ihr seid die Besten." Ich war stolz auf meine Mannschaft. Die Kunde von Lindas Abreise verbreitete sich wie ein Blitz. Am Abend, ich wollte nach Hause fahren, stürmte Linda auf mich zu und stellte mich zur Rede: „Was hast Du über mich gesagt, Du Spinner? Du hast meinen Ruf zerstört, was erlaubst Du Dir?! Weißt Du, wer ich bin?" „Du bist eine bemitleidenswerte, unbefriedigte, eiskalte, schizophrene, psychopathische Frau", war meine trockene Antwort. Daraufhin knallte sie mir eine. „Sind Sie wahnsinnig? Sie verschwinden auf der Stelle hier, sonst rufe ich die Polizei!", hörte ich die erregte Stimme meines Chefs. Er kam herbei gestürmt und stellte sich zwischen Linda und mich. „Ist alles okay bei Ihnen?", fragte er mich. „Ja. Sie hat mir einfach eine gescheuert, die ist nicht mehr ganz bei Sinnen."

„Verlassen Sie sofort das Gelände, hauen Sie ab!", zürnte mein Chef Linda an, die ihren Kopf nach hinten warf und abdrehte. Mit ihrem Mercedes fuhr sie uns fast über den Haufen. „Wichser!", rief sie uns zu und verschwand. Andrea erzählte ich von Lindas Fehlverhalten und der Ohrfeige, woraufhin diese vor Wut schäumte:

„Wenn mir die blöde Tussy einmal über den Weg läuft, bringe ich sie um!" So sauer hatte ich Andrea noch nie erlebt. „Keiner darf meinen Schatz so behandeln. Keiner!" Ich umarmte und küsste sie. „Ich liebe Dich", flüsterte ich Andrea zärtlich ins Ohr, „und möchte jetzt mit Dir schlafen." „Oh, wie schön", strahlte sie. „Komm!"

Isabel Pt. II

Ich durfte nach langer Zeit mal wieder nach Köln und erlebte eine faustdicke Überraschung, wer mich am Flughafen abholte: Isabel! Isabel hatte ich vor gut 2 Jahren kennengelernt und gefickt. Sie war die erste Frau, mit der ich meine feste Freundin Andrea betrogen hatte. Isabel stolzierte auf mich zu und umarmte mich mit den Worten „Hallo Süßer, schön, Dich wiederzusehen".

Sie sah toll aus. Ihre Haare waren noch länger als damals, ihr Blick noch verführerischer. Isabel war nun 25 und auf dem Höhepunkt ihrer sexuellen Ausstrahlungskraft. Am Abend, nach der Arbeit, fragte sie mich frech: „Und, Lust?" „Worauf?" „Auf mich." Ich zögerte keine Sekunde: „Ja." Ab ins Auto und zu ihr.

In ihrem Schlafzimmer legten wir los wie die sibirische Feuerwehr. Isabels Körper war der Hammer, gut trainiert und formschön, so wie ich ihn in Erinnerung hatte. Die wilde Knutscherei ging in Heavy Petting der Sorte Oralsex über. In der 69er-Position – sie oben, ich unten – befriedigten wir uns gegenseitig bis zum Orgasmus. Zuerst kam ich. Sie blies und masturbierte mich göttlich ins Paradies.

Ich ejakulierte in ihren Mund. Dann leckte ich sie weiter, bis sie kam. Ihr Becken bebte, ihre Beine spreizten sich immer mehr, ihre Hände bohrten sich in meine Oberschenkel. Dann Entkrampfung. „Puh, das war geil!", stöhnte sie voller Lust und küsste mich auf den Mund.

„Bist Du momentan solo oder noch in festen Händen?" „Ich bin immer noch mit Andrea zusammen", sagte ich stolz. „Beneidenswert", war ihre Antwort, „ich bin seit 1 Jahr Single. Das mit Jim hat nicht funktioniert. Er ist mit einer Ami-Tussi durchgebrannt. Seitdem teste ich einen Kerl nach dem anderen.

Weißt Du, zum Spaßhaben und für Sex sind die meisten Typen ganz okay, aber für eine feste Beziehung taugen sie dann nichts. Du hast echt Glück mit Deiner Auserwählten." „Ja, das habe ich", sinnierte ich vor mich hin, „das habe ich." „Genug gequasselt, jetzt wird gefickt."

So leitete ich die zweite Runde ein. Isabel fummelte an meinem Schwanz herum, bis er steif war, dann zog sie mir ein Kondom über und hockte sich auf mich. Elegant und genüsslich begann sie mich zu reiten. Ihre Brüste bewegten sich in Super-Zeitlupe, ihre blanke Pussy verschluckte Mal für Mal meinen Zauberstab bis zum Anschlag. Isabel fickte verdammt gut. Ich genoss den Anblick. Schneller und wilder wurde sie. Geil!

Jetzt war ich an der Reihe. Löffelchen, darauf hatte ich Lust. Von hinten nahm ich sie. Mit tiefen, kräftigen Stößen nagelte ich sie und knetete ihre Brüste. Isabel stöhnte laut und deutlich: „Weiter so, gut, geil. Ah, Ah, Wahnsinn!" Nach 4 Minuos hatte ich meinen Samenerguss und auch Isabel war bereit zu kommen. Krächzend erlebte sie ihren Höhepunkt.

Sie war schön, die Nacht mit ihr im Arm, es war vertraut, ich fühlte mich wohl. Am nächsten Tag rief mich Andrea aufgeregt an. Sie hatte die erste Prüfung bestanden und war so glücklich. Ich freute mich riesig und versprach ihr eine Belohnung. Der Abend gehörte wieder Isabel. Nachdem sie lecker für uns gekocht hatte, gab es ein Verwöhn-Programm der Sonderklasse:

Eine einstündige Massage mit duftendem, warmem Öl. Ich fühlte mich wie Ramses, der von seiner schönsten Grazie zum König gemacht wurde. Isabel konnte wunderbar massieren. Ihre langen, dünnen Finger kneteten meinen Rücken wie Brot und lösten sämtliche Verspannungen meines Körpers. Ziel der Massage war natürlich mein Cumshot.

Mit unglaublicher Zärtlichkeit streichelte Isabel meinen Penis, bis er steinhart war. Dann begann sie voller Hingabe, mich in Ekstase zu wichsen. Ihr Körper glänzte, ebenso ihre Augen. Immer zielstrebiger wurden ihre Handbewegungen, bis ich explodierte und meinen Samen in die Luft schleuderte. So ein Handjob ist etwas verdammt Geiles, wenn gut ausgeführt.

Ich revanchierte mich mit einer prickelnden Massage. Zuerst kamen meine Hände zum Einsatz, dann meine Zunge. Isabel drehte durch. „Supergeil, weiter! Ja, das ist es!", stöhnte sie und zappelte wie ein Aal. „Jetzt!" schrie sie und polterte zum Orgasmus, der eine halbe Ewigkeit andauerte. „Schon viele Typen haben mich geleckt, aber so gut wie Du war keiner."

Lobte sie mich mit erschöpfter, aber glücklicher Stimme. „Ich bin eben der Beste", protzte und lachte ich verschmiegen. „Du bist ein Womanizer, wie er im Buche steht." Diese Aussage gefiel mir. Sie machte mich stolz. Ich, Don Juan, Casanova, Frauenheld, Womanizer, Trickser und Frauen-Versteher.

Wir lagen im Bett, nackt, sie in meinem Arm. „Komm, lass es uns in der Badewanne treiben", grinste sie mich an. Warum nicht, Sex im Wasser ist geil. Ein paar Minuten später war die Wanne voll und wir starteten durch. Isabel ritt mich. Sie begann langsam, wurde dann schneller und wilder. Das Wasser spritzte aus der Wanne hinaus, doch wen interessierte das?

Es fühlte sich hammermäßig an. Stellungswechsel. Ich nahm sie Doggy. Ihr Arsch ragte aus dem Wasser, er war feucht und glitschig. Hinein stieß ich ihn, hinein in die Höhle der Lust. Isabel stützte sich ab und ließ sich ordentlich ficken. Mal sanft, mal hart, mal mittel, mal ganz hart, bis ich kam. Ich zog ihn schnell heraus und wichste ihre Pobacken voll.

„Also, Sex in der Badewanne ist absolut geil", lächelte Isabel und schaute mich strahlend an. „Ja, kann ich bestätigen", erwiderte ich. Isabel war eine echte Traumfrau, der Abschied von ihr fiel mir überdurchschnittlich schwer.

Aber was sein muss, muss sein. Am nächsten Tag flog ich zurück nach München, wo mich meine Andrea in ihre Arme schloss und mit den Worten „Ich liebe Dich" empfing.

Melly Pt. II

1,5 Jahre war es her, als ich Melly zum letzten Mal gesehen hatte. Für sie hätte ich damals fast meine Andrea verlassen. Plötzlich stand sie wieder vor mir. Sie hatte sich gar nicht verändert und sah umwerfend aus. „Hi, wie geht´s?", begrüßte sie mich mit einem Grinsen. Ich war baff.

„Ich bin für 1 Woche hier bei Euch in der Firma, ich arbeite jetzt für eine Company in Düsseldorf und wir haben dieses Gemeinschaftsprojekt. Ich hoffe sehr, die Zusammenarbeit wird gut." Nach anfänglichen Sprechschwierigkeiten fand ich ins Gespräch und wir nutzten die erste Pause, um uns näher zu kommen.

„Wie ist es bei Dir gelaufen die letzte Zeit?", wollte sie wissen. „Mir geht es gut", antwortete ich, „ich kann nicht klagen." „Bist Du immer noch mit Andrea zusammen?" Eine heikle Frage. „Ja, wir sind diesen Januar zusammengezogen." „Das freut mich", lächelte sie, „das freut mich wirklich."

„Und bei Dir?" „Beruflich ist alles gut, ich mache meinen Weg, aber privat ist es chaotisch gewesen. Nach Dir gab es ein halbes Jahr keinen Mann, dann im Wochentakt einen anderen. Zwischendurch die eine oder andere längere Beziehung, ein paar Wochen oder Monate, aber nichts Gescheites, nichts Vernünftiges. Wirklich nichts."

Melly machte eine Pause. „Ich habe oft an Dich denken müssen, gerade in der Anfangszeit nach unserer Trennung. Ich habe Dich schrecklich vermisst." „Ich Dich auch", entgegnete ich und umarmte sie. Es fühlte sich sehr vertraut an. „Hast Du Lust, nach der Arbeit noch etwas trinken zu gehen?" Ich überlegte nicht lange. „Gerne, ich muss nur der Andrea Bescheid geben."

Ich rief meinen Schatz an und erzählte ihr vom Wiedersehen mit meiner ehemaligen Assistentin: „Wir gehen noch etwas trinken, über alte Zeiten plaudern und so, ich komme etwas später nach Hause." „In Ordnung", meinte Andrea verständnisvoll. Sie vertraute mir total, diese Frau ist echt Gold wert. Ein paar Stunden später saßen Melly und ich in einer Bar.

Und ließen unsere Affäre Revue passieren. „Es war so schön mit Dir, so zärtlich, so eng, Du gabst mir das Gefühl, etwas Besonderes zu sein", schwelgte sie in Erinnerungen, die ich im selben Wortlaut beschreiben würde. „Ich war so verliebt in Dich, in Deinen Körper, in den Sex mit Dir."

Sie schaute mich an, schaute mir tief in die Augen. „Du hast Dich gar nicht verändert, Du bist noch genauso attraktiv wie damals, unglaublich attraktiv. Ich hätte so gerne noch einmal Sex mit Dir", hauchte sie mich an. Ab diesem Moment gab es für mich kein Halten mehr. Ich konnte nicht widerstehen, aber ich wollte auch nicht. Im Eiltempo ging es in ihr Hotel, wo wir alte Zeiten hochleben ließen.

Melinas Körper war weiblicher geworden, sie hatte an den richtigen Stellen 2 bis 3 kg zugelegt, ihre Haare waren länger als damals, ein Tattoo schmückte ihre rechte Schulter, ein dünner Schamhaarstrich verzierte ihre Muschi. „Was möchtest Du?", fragte ich aufgeregt. „Ich möchte von Dir gefickt werden", stöhnte sie und öffnete ihre Beine.

Es fühlte sich so himmlisch an, diese bekannte Pussy zu bumsen. „Endlich, so schön, geil, weiter, Ah, Wahnsinn!", säuselte Melly wie in Trance, während meine Stöße härter und schneller wurden. Im Nähmaschinentempo spritzte ich ab. Auch sie zuckte und krächzte laut. „Wahnsinn, wir sind zusammen gekommen!" Melly umarmte mich und wollte mich nicht mehr loslassen. „War das schön!"

In der Tat, es war schön, ach was, es war superschön! Ich wusste, warum ich Melly damals ein halbes Jahr vögelte, sie war so süß und dabei, mir erneut den Kopf zu verdrehen. Nach 30 Minuten Pause meinte sie: „Ich möchte Dir jetzt unbedingt einen blasen, darf ich?" „Klar!" Mit Engelshänden berührte sie meinen Schwanz, der 1 Minute später wie eine Eins stand. Nun war ihr Mund dran. Ich lag auf dem Bett und sah zu, wie Melina mich oral verwöhnte.

Zuerst lag sie neben mir auf Hüfthöhe, dann kam sie auf mich drauf und blies in der 69er-Position weiter. Diese Gelegenheit nutzte ich, um sie mit meiner Zunge zu verwöhnen. Ich war gespannt, wie sie auf meine neue Leck-Technik (Katjas Spezialtechnik) reagieren würde, das Ergebnis war umwerfend.

Melly stöhnte auf, als ich meine Zunge 2 cm tief in ihre Muschi steckte und dann mit kreisenden Bewegungen Druck gegen die vordere Scheideninnenwand ausübte. „Oh Gott, oh Gott, Wahnsinn!", rief sie immer lauter und kam zu einem bebenden Orgasmus. Just in dem Moment explodierte auch ich und spritzte meine Ladung in ihr Gesicht.

Mit ihrer rechten Hand masturbierte sie meinen Penis in einem Wahnsinnstempo. Mit so schnellen Bewegungen hatte es mir bisher noch keine besorgt. Ein Wunder, dass sie sich dabei nicht den Arm auskugelte. Erschöpft fielen wir beide zusammen und küssten uns. „Du weißt, dass das nur ein paar Tage mit uns geht", sagte ich nachdenklich. „Ja, ich weiß. Solange Du Andrea hast, habe ich keine Chance."

So schön dieser Abend auch war, einfach war die Situation nicht. Klar wollte ich Melly jeden Abend poppen, aber was sollte ich Andrea sagen? Alles, nur nicht die Wahrheit.

Am nächsten Abend stand Bowling mit Kumpels auf dem Programm, naja, zumindest erzählte ich das der Andrea. In Wirklichkeit war ich wieder mit Melly verabredet. Direkt nach der Arbeit fuhren wir in ihr Hotel und legten los. Sie wollte mich reiten und tat das im wahrsten Sinne des Wortes. So einen wilden Ritt hatte ich selten erlebt. Melly ging ab wie Schmidts Katze und ich hatte die Befürchtung, dass entweder das Bett oder mein Becken zusammenbricht.

Nach einer kurzen Pause und einem heftigen Orgasmus war Massagezeit angesagt. Ich liebkoste jeden Zentimeter von Mellys mir bekanntem Körper und begann, mit meinem Finger an ihrer Klitoris herumzuspielen. „Mach es bitte mit dem Mund, so wie gestern", bat sie mich. „Das war unglaublich." Ich erfüllte ihr den Wunsch und bereitete ihr wieder einen Höhepunkt der Extraklasse.

Dann war meine Zeit gekommen. Ich entspannte mich und sah zu, wie Melina meinen Körper einölte und mich von oben bis unten massierte. Mein Penis war längst steif, als sie ihn in die Hand nahm und zu masturbieren begann. Zuerst mit einer, dann mit beiden Händen bewegte sie meine Vorhaut auf und ab. Die ganze Zeit blickte Melly mir tief in die Augen und stöhnte lustvoll dabei.

Plötzlich ganz schnelle Züge, dann extrem langsame, dann wieder schnelle. „Ich komme, ich komme!", rief ich hektisch und spürte meinen Saft brodeln. Melly stellte ihre Handbewegungen ein und wartete auf die erste Ladung, die ihr voll ins Gesicht ging. Ihre Zunge hatte sie herausgestreckt, die Augen waren geschlossen. Die nächsten Ladungen kamen.

Es fühlte sich seltsam an, gar nicht gewichst zu werden, während ich kam, sie hielt ihn lediglich fest mit beiden Händen und ließ den Samen spritzen. Es war gut, aber ich mag es mit Wichsen mehr. Egal. Mittwoch wollte Andrea unbedingt mit mir ins Kino, da ging nichts. Am folgenden Tag leider auch nicht.

Aber dann: Mellys letzter Abend stand an. Andrea hatte Frauentreff mit ihren besten Freundinnen und meinte, sie würde vor Mitternacht nicht zu Hause sein. Melly und ich hatten also den ganzen Abend Zeit, um uns zu verabschieden und Sex miteinander zu haben. Ich kam auf die Idee, das Spektakel zu filmen. Sex mit Melina ist eine bildliche Erinnerung wert.

Ich fragte sie: „Wer weiß, wann und ob wir uns wiedersehen. Ich würde gerne eine Erinnerung von uns haben und ein bisschen filmen, ist das okay?" „Was willst Du denn filmen?" „Na, uns." „Du meinst den Sex", grinste sie mich an. „Ja", gab ich zu. „Der ist so schön und ich weiß, dass ich viel an Dich denken werde, und für solche Momente …"

„Schon gut, ja, aber nur, wenn ich auch eine Aufnahme bekomme." Ich zögerte. „Hey, ich vermisse Dich doch auch und möchte auch so eine Erinnerung haben." „Na, Du weißt, wegen Andrea, ich muss Dir absolut vertrauen können." „Klar kannst Du das", meinte Melly, „ich habe doch auch damals nichts gesagt und mich nicht zwischen Dich und Andrea gedrängt. Ich habe Stillschweigen bewahrt."

„Hm", überlegte ich. Stimmt. Ich konnte ihr vertrauen. „Okay, einverstanden", sagte ich und bereitete die Videokamera, die ich extra mitgenommen hatte, vor. „Action!", rief ich. Melly lag bereits auf dem Bett und hatte nur noch ihren Slip an, einen weißen String-Tanga, der ihr unglaublich gut stand. Wir begannen uns zu küssen und zu streicheln. Zuerst leckte ich sie ein bisschen, dann blies sie mich steif.

„Ich oder Du?", fragte ich sie. „Ich", antwortete sie und hockte sich auf mein Glied. Genüsslich ritt sie mich. Sie bewegte sich freizügiger und anrüchiger als sonst. Geil! Danke, lieber Gott, dass Du die Video-Cam erfunden hast. „Jetzt Du", forderte sie mich auf. „Von hinten."

Bereitwillig kniete sie sich hin und streckte mir ihren Po entgegen. Ich steckte ihn schön tief hinein und fickte sie langsam und behutsam, dann schnell und hart. „Ich komme gleich!", stöhnte ich. „Warte", unterbrach sie. „Lass es uns richtig geil machen." Sie zog meinen Penis aus ihrer Fotze und entfernte das Kondom. „Leg Dich hin, weiter hierher, noch ein bisschen, ja, so", lenkte sie mich in die Idealposition.

„So müsste der Shot am geilsten sein." Ich war erstaunt. Was hatte sie vor? Mit so viel Aktivität seitens Melly hatte ich nicht gerechnet. Sie ergriff meinen Penis und holte mir einen runter. Gekonnt setzte sie dabei ihren Mund ein. Sie blies unglaublich gut, wie immer. „Jetzt!", rief ich. Melly blickte tief in die Kamera, während mein Saft in ihr Gesicht schoss. Voll ins Gesicht. Melina stöhnte und leckte sich mein Sperma in ihren Mund. Eine Ladung nach der anderen verzierte ihr hübsches Face.

Diese krasse Aufnahme musste ich sehen, am besten gleich! Mellys Handbewegungen wurden langsamer, ich blickte in ihr nasses Gesicht. „Wahnsinn, Wahnsinn!", flüsterte ich und nahm sie fest in den Arm. Die Aufnahme war der Hammer! Als wir sie sahen, wurden wir so geil, dass wir parallel dazu poppten. Ich kam in Melly, es war toll.

Leider musste ich wieder nach Hause, das Wiedersehen mit Melly war zu Ende. Schnell zogen wir die Aufnahme auf ihren Laptop und brannten 2 DVDs, eine für Melly, eine für mich. Viele Küsse zum Schluss, eine letzte Umarmung. Adieu Melly.

Sandy Pt. II

Andrea ging es gut. Ihr Einsatz in Zürich war ein voller Erfolg für sie gewesen. Sie war glücklich und strotzte vor Arbeitseifer. Mir ging es auch gut, denn: Sandy is back! Die mittlerweile 23-jährige Schlampe aus Berlin stand plötzlich in meinem Büro und meldete sich zu ihrem 2-wöchigen Praktikum.

Ich wusste nichts davon, das war irgendwie an mir vorbei gegangen. Aber ich freute mich sehr, Sandy wiederzusehen. Sie sah genauso geil aus wie damals: Kurzer Rock, Top, lange, blonde Haare, verführerisches Grinsen. Ich war ihr sofort verfallen, ich musste sie wieder poppen.

Doch so einfach machte sie es mir nicht. Sie war wieder auf Sammeltour und griff zuerst die Kollegen ab. Jeff und Raymond erzählten mir von wilden Nächten mit Sandy. Ich war neidisch und versuchte mein Glück, doch sie ließ mich mehrfach abblitzen. Wieso, dachte ich mir, was ist denn los? Warum will sie nicht mit mir? Auch Norbert und Ulli kamen in den Genuss, Sandy zu ficken.

Ich wurde sauer und stellte Sandy zur Rede: „Du kannst Dich doch hier nicht einfach durch die Firma poppen und mich außen vor lassen", giftete ich sie an. „Da ist aber einer ganz schön eifersüchtig", flötete sie zurück und grinste mich dumm an. „Das finde ich gar nicht lustig", polterte ich weiter. „Warum nimmst Du all die anderen, und nicht mich?" Sie blickte mich mit großen Augen an und erklärte: „Der Beste zum Schluss.

Keine Sorge, Deine Zeit wird kommen." Na toll, dachte ich, was für eine Schlampe, was für ein Luder! Unglaublich, wie versaut manche Frauen sind. Meinte sie es ernst oder spielte sie ein Spiel mit mir? An ihrem vorletzten Tag war es dann soweit. Sie kam in mein Büro und meinte lächelnd: „So, jetzt bist Du dran."

Ich war happy und verließ mit ihr am späten Nachmittag die Firma. Wir mieteten uns im selben Stundenhotel wie damals ein und ich war voller Vorfreude auf das, was mich erwartete. Sandy liebte es zu strippen. Auch diesmal zog sie eine verdammt geile und verruchte Show ab, bevor sie mich nahm.

Ich war mehr als erregt, als sie nackt zu mir aufs Bett gekrochen kam und mir einen Blowjob der Extraklasse schenkte. Mit zügigen Hand- und Mundbewegungen führte Sandy mich in 5 Minuten zum Orgasmus. Mein Becken zuckte und ich füllte Sandys Mund mit meinem Sperma.

Während sie meinen Saft aufnahm, blies sie unentwegt weiter und schaute mich dabei mit heißen Blicken an. Hammer! Sandy schluckte alles, als wenn es Orangensaft wäre. „Lecker", meinte sie und wischte sich den Mund ab. Ich wollte sie unbedingt lecken. Sandy öffnete ihre Beine weit und ich tauchte ein in ihr Paradies. Ihre Muschi hatte sie frisch rasiert, sie war blank und weich wie ein Baby-Popo.

Ich leckte ihre schmalen, zarten Schamlippen hoch und runter, dann konzentrierte ich mich auf ihre Klitoris und begann, diese mit meiner Zunge zu umkreisen. Sandy hatte ihre Augen geschlossen, sie stöhnte leise und genoss. Nun war es an der Zeit, ernst zu machen. Hinein stieß ich meine Zunge in ihre Höhle der Lust und führte Katjas legendäre Leck-Technik aus. Sandy zuckte wie vom Blitz getroffen, sie keuchte laut und angestrengt.

2 Minuten reichten aus, um sie so zu ihrem Höhepunkt zu bringen. Sandy stieß spitze Schreie aus und hielt sich den Kopf, so heftig war es. 30 Sekunden später umarmte sie mich und juchzte: „Das war geil! So gut hat mich noch kein Mann geleckt! Dafür hast Du einen Wunsch frei." Filmen, Filmen! Sandy akzeptierte: „Ist okay. Hast Du die Kamera dabei?" Nein, hatte ich natürlich nicht, aber der nächste Tag stand uns ja noch zur Verfügung.

Same time, same place. Yes! Meine Videokamera war frisch aufgeladen und bereit für die Aufnahme. Sandy bat mich, auf sie draufzuhalten. „Hallo, ich bin Sandy und komme aus Berlin", begann sie ihr Statement. „Gleich haben wir Sex, und ich freue mich schon sehr darauf, Dir einen zu blasen, von Dir geleckt zu werden, das kannst Du verdammt gut, und zum Abschluss dann mit Dir zu ficken." Das wird geil!

Mit diesen Worten kam sie auf mich zu und öffnete meine Hose. Ich filmte an mir herunter und sah, wie mein Penis schon in ihrem Mund steckte.

In Top und so kurzem Rock blies sie mir einen im Knien. Zügig waren ihre Bewegungen, perfekt war ihr Druck. Nach 5 Minuten begann ich zu zittern, ich kam. Die erste Ladung ging in ihren Mund, die nächsten Spritzer in ihr Gesicht. Es sah so geil aus von oben. Sandy blickte in die Kamera, meinen Schwanz in ihrer Hand haltend, sie lächelte und sagte: „Ich liebe es. Das war geil!"

Ich stellte die Kamera auf den Tisch und konzentrierte mich auf Sandys Pussy. Sandy lag nackt da, mit dem Kopf in Richtung Kamera, und ich begann, ihre Muschi zu stimulieren, zuerst mit den Händen, dann mit dem Mund. Immer wieder blickte sie nach hinten in die Linse und grinste so frech hinein. Nach 4-minütigem Knabber-Vorspiel an ihren Schamlippen war ihre Clit dran. Ich leckte sie zärtlich auf und ab, ehe ich meine Zunge in ihre Röhre steckte und mit Druck nach oben drückte.

Mit kreisenden Zirkulationen brachte ich Sandy zum Beben. Sie hatte einen sehr starken Orgasmus und zuckte wild hin und her. Nachdem sie sich erholt hatte, stand sie auf, nahm die Kamera in die Hand, filmte sich selbst und sagte: „Das war unglaublich! Dieser Mann ist ein Leck-Gott." Dabei filmte sie mich. Dann wieder sich: „So, jetzt wird gefickt, was das Zeug hält."

Sie stellte die Cam ab und warf sich aufs Bett. „Komm her, Tiger!", rief sie mir zu und spreizte ihre Beine. Schon war mein Penis steif und in ihr drin. In der Missionarsstellung tobte ich mich ein paar Minuten aus, dann sie in der Reiterstellung. Genüsslich ritt sie mich wie ein Pferd. Was für eine hervorragende Aufnahme, dachte ich, die muss ich sehen!

Nun von hinten. Ich fickte sie zuerst in Luke 1, dann in Luke 2, die enge. „Mach´s mit der Hand zu Ende", stöhnte ich und bereitete mich auf meinen Orgasmus vor. Sandy drehte sich um und masturbierte mich mit zügigen Händen zum Höhepunkt. Ich ejakulierte auf ihre Brüste.

Die Kamera filmte diese Szene von der Seite und Sandy spielte genial mit. Der Sexfilm war gedreht, die Erinnerung auf Band. „Viel Spaß mit der Aufnahme." Mit diesen Worten verabschiedete sich Sandy von mir und meinte, bald mal wieder zu kommen. „Jederzeit", versprach ich ihr.

Joanna

Ich bin 31, verheiratet und Vater eines 4 Monate alten Prinzen. Mit diesem Satz konnte ich mich unmöglich Joanna vorstellen. Joanna war Ende 20 und eine in Munich wohnhafte und angesehene Grafikerin, der wir den Relaunch unserer Firmen-Webseite anvertrauten. Ich fand sie im Internet und war von ihren Referenzen beeindruckt. Ich lud sie zum Vorstellungsgespräch ein.

Als sie in mein Büro kam, staunte ich nicht schlecht: Diese Frau war der Hammer! Noch viel hübscher als auf dem Foto. Elegant-sexy stolzierte sie auf mich zu und begrüßte mich mit einem simplen „Hi, Joanna" und einem breiten Grinsen. „Hallo", erwiderte ich und ließ sie Platz nehmen.

Fachmännisch-professionell unterhielten wir uns über das neue Design, meine Vorstellungen und Wünsche, sie zeigte mir eine Auswahl ihrer abgeschlossenen Projekte, die ich allesamt fantastisch bewertete. Sie gefiel mir … ihre Arbeit. Und Joanna natürlich auch!

Joanna hatte den Job. Wir vereinbarten einen Starttermin und ich freute mich riesig auf die Zusammenarbeit mit ihr. 1 Woche später war es soweit: Sie erwartete mich mit hochgesteckten Haaren, einer schicken Bluse, in Jeans und Boots in ihrem Büro. Sie war sehr schlank, aber ihre Rundungen waren an den richtigen Stellen gut ausgeprägt. Süßer Po, schöne Titten.

Während wir hart arbeiteten und unsere Ideen in einen Topf warfen, herrschte intensiver Blickkontakt zwischen uns. Joanna hatte überaus schöne Augen, sie funkelten und strahlten wie Kristall. Als wir eine Pause einlegten, wurde es privater. Joanna berichtete mir aus ihrem Leben: „Ich bin Single, wohne im südlichen Teil Münchens und treibe viel Sport. Und Du?"

„Ich bin verheiratet, wohne im nördlichen Teil Münchens und treibe auch Sport", schoss es unüberlegt aus mir heraus. So ein Mist! Wieso musste ich mich verplappern! Na egal, vorbei die Sache, dachte ich und widmete mich wieder beruflichen Themen. Doch Joanna wollte mehr über mich erfahren und bohrte weiter:

„Wie lange bist Du schon verheiratet? Hast Du Kinder?" Ich beantwortete ihre Fragen ehrlich und wollte nun auch mehr über sie wissen. Dabei kam etwas höchst Interessantes an das Tageslicht: Joanna war bisexuell. „Ich stehe auf Männer und Frauen." Wow! Joanna schien mir kein allzu braves Mädchen zu sein.

Sexuell war sie wohl sehr aktiv und flirtete nun schon heftig mit mir. Wir arbeiteten bis am späten Nachmittag, dann fragte sie mich, ob wir noch etwas zusammen essen gehen. „Eine gute Idee!" Wenige Minuten später saßen wir beim Italiener um die Ecke. Mein Handy klingelte, es war Andrea: „Wie geht es Dir, mein Schatz?", fragte sie neugierig.

„Bestens", antwortete ich, „ich sitze hier mit Frau Preselj zusammen und plane mit ihr unsere neue Firmen-Homepage. Kann noch ein paar Stündchen dauern." Andrea wollte mir von John Paul und seinen Tagesaktivitäten erzählen, doch darauf hatte ich gerade keine Lust. „Später, wenn ich zu Hause bin, ich kann jetzt schlecht." „Okay, mein Liebling, ich freue mich schon auf Dich", säuselte Andrea und schickte mir zum Abschied ein Küsschen durchs Telefon.

Das Essen war lecker und Joanna und ich verstanden uns prima. Plötzlich blickte sie mir tief in die Augen: „Wenn Du nicht verheiratet wärst und wir keine Geschäftspartner, dann würde ich Dich fragen, ob Du Lust hättest, noch mit zu mir zu kommen." „Wie meinst Du das?", fragte ich sie ungläubig. „Na, weißt Du, ich muss gestehen, Du gefällst mir, aber die Umstände sprechen leider gegen uns.

Da kann man wohl nichts machen." Armes Ding. Den Tränen war sie nahe. „Was denn, Du gibst so schnell auf?", lächelte ich sie an und ergriff ihre Hand. „Mach Dir keine Sorgen wegen meinem Beziehungsstatus, das ist meine Sache, also ist nur der Punkt der beruflichen Zusammenarbeit zu klären." „Eigentlich hatte ich mir geschworen, nie mit einem Geschäftspartner ins Bett zu gehen, aber bei Dir werde ich schwach", meinte sie verlegen.

„Ach, vergiss Deine Prinzipien und folge Deiner Lust", lockte ich sie und war auf ihre Antwort gespannt. „Du meinst, das belastet unsere Zusammenarbeit nicht?" „Quatsch", konterte ich, „mit solchen Angelegenheiten kenne ich mich aus.

Wir sind erwachsene und intelligente Menschen, das bekommen wir schon gebacken, oder?" „Ja", strahlte sie, „auf zu mir! Hast Du noch Zeit?" Ich hatte, konnte ich doch selbst bestimmen, wie lange dieses Geschäftsmeeting dauert. Andrea hat Verständnis dafür, dass ich viel arbeite, einer muss ja das Geld einholen.

Joanna wohnte schön in einer Dachterrassenwohnung. Ohne Umweg führte sie mich ins Schlafzimmer und meinte, ich solle es mir gemütlich machen, sie sei gleich da. Ich zog mich bis auf meine Unterhose aus und kuschelte mich ins warme Bett. Nach 5 Minuten bekam ich Gesellschaft. Joanna stand in der Tür: Halbnackt und mit 2 Champagnergläsern in der Hand.

„Auf uns!" Wir tranken. Joanna hatte außer einem BH und einem roten Tanga nichts an. Behände krabbelte sie zu mir unter die Decke und fing an, mich zu küssen. Gut küsste sie, sehr gut sogar. Nass und feucht waren ihre Liebkosungen, zärtlich ihre Hände auf meiner Brust. Ich fing an, ihren Körper zu erkunden. Joanna hatte die Augen geschlossen und atmete laut. Während meiner Reise entkleidete ich sie ganz.

Aufgeregt fummelte sie an meinem Slip herum und zog ihn mir aus. Da lagen wir, nackt und geil aufeinander. Ich ergriff die entscheidende Initiative und wärmte meine Finger in ihrer Muschi. Das gefiel ihr. Sie war feuchter als der Champagner. Nach ein paar Minuten setzte ich meine Zunge ein. „Wie geil!", stöhnte sie und genoss meine Leck-Technik, mit der ich jede Frau der Welt in wenigen Minuten zum Orgasmus bringen kann.

Joannas Pussy war wunderschön, blitzeblank rasiert und roch nach Lavendel. „Ich komme!", rief sie und zuckte wild herum. Dann sackte sie zusammen. „Du kannst besser lecken als die meisten Frauen", strahlte sie mich glücklich an. „Wieso weißt Du genau, wo und wie Frauen es gemacht haben wollen?" „Pure Erfahrung", protzte ich und ließ mich feiern.

Ich war gespannt, ob Joanna genauso erfahren war wie ich. Sie war! „Jetzt verwöhne ich Dich", lächelte sie mich an und begann, meinen Dong steif zu wichsen. Aus Wichsen wurde Blasen. Mein Gott, diese Frau war die Blaskönigin persönlich! Zart und gleichzeitig intensiv lutschte sie an meiner Salami, dass ich die Engel singen hörte. Zwischendurch immer wieder ein paar Up-and-down-strokes mit der Hand.

Ohne Vorwarnung spritzte ich ihr ins Maul. Damit hatte sie nicht gerechnet. Prustend keuchte sie, doch verrichtete mit der Hand weiter gute Arbeit. „Schnell, ich brauche Wasser", ächzte sie und sprang auf. Zurück kam sie mit einer Flasche im Mund. „Mir einfach in den Mund zu kommen, dann noch mit so einer Ladung, musste das sein?" „Klar, ist doch geil!", konterte ich. „Hätte ich das nicht tun sollen? Ist doch total normal." „Ja, schon, aber nicht so unerwartet. Sag mir nächstes Mal bitte Bescheid, bevor Du kommst, okay?" Etwas zimperlich war sie, die Kleine, aber das sollte kein Hindernis darstellen. Eine halbe Stunde später ging ich. Ich zog mich an und bedankte mich für den schönen Abend, sie auch. „Das wiederholen wir, oder?", fragte sie mich an der Tür. „Gerne", antwortete ich, „wenn Du möchtest schon morgen." Sie strahlte.

Am nächsten Tag musste ich wieder zu Joanna, ihre Projektfortschritte begutachten. Ihre Ausarbeitungen sahen vielversprechend aus. Diesmal überkam es uns am Arbeitsplatz. „Ich bin so furchtbar geil auf Dich", stöhnte mir Joanna ins Ohr, „am liebsten würde ich jetzt und hier mit Dir ficken." „Kein Problem", sagte ich und sperrte die Bürotür zu. „Jetzt sind wir ungestört", hauchte ich ihr zu und küsste sie zärtlich.

„Ein Quickie", forderte sie. „Viel Zeit haben wir nicht, es kann immer jemand kommen." Schnell zog ich meine Hose runter und sie ihr Höschen. Sie rubbelte kurz meinen Penis hart, doch genau in dem Moment, wo ich ihn ihr reinstecken wollte, versuchte jemand die Tür zu öffnen. Dann klopfte es. „Hallo? Joanna?", hörte man eine weibliche Stimme rufen.

Panisch zogen wir uns die Hosen hoch und Joanna antwortete: „Bin gleich da!" Verlegen öffnete sie die Tür. Da stand eine hübsche Blondine mit einem Ordner in der Hand. „Ist für Dich", sagte sie und drückte Joanna die Mappe zu. Dann blickte sie mich an. „Guten Tag", stotterte ich.

Die Blonde grinste frech, warf Joanna einen vielsagenden Blick zu und verschwand. Joanna schloss zügig die Tür, wir schauten uns an und begannen zu lachen. „Wie peinlich", kicherte sie, „was die sich gedacht hat." „Das möchte ich nicht wissen", grinste ich zurück. „Komm, lass uns noch ein bisschen arbeiten, zuerst die Arbeit, dann das Vergnügen." Sie gehorchte.

2 Stunden später waren wir wieder so scharf aufeinander, dass wir beschlossen, die Arbeit ruhen zu lassen und uns schöneren Dingen zu widmen. Wir fuhren zu ihr. „Endlich!", jubelte Joanna, als wir ihre Wohnung betraten. „Jetzt fick mich!" Ich vergeudete keine verschissene Sekunde und machte mich über sie her. Unsere Klamotten waren schnell abgestreift und auf dem Sofa nahm ich sie in der Missionarsstellung.

Zeit für ein Kondom hatten wir nicht. Tief stieß ich ihn hinein, so tief, dass sie vor Aufregung schrie. Ich variierte Tempo und Stellung. „Jetzt ich oben!", wollte Joanna und nahm auf mir Platz. Sitzend dominierte sie mich nach allen Regeln der Reitkunst. Ihre Muschi umarmte meinen Penis fest. Bald spürte ich mein Zauberwasser kochen. Schnell schubste ich Joanna von mir herunter und gab ihr das Kommando, mit dem Mund die Arbeit zu vollenden. Mit Unterstützung ihrer rechten Hand blies sie mich zu einem sensationellen Orgasmus.

Ich kam heftig und spritzte meine Ladungen zuckend ab. Diesmal war die orale Spermaaufnahme kein Problem für sie, schließlich hatte ich sie vorgewarnt. Sie schluckte brav und grinste mich dabei teuflisch geil an. „Rattenscharf", hechelte ich. Joanna kuschelte sich an mich und drückte mich fest. Nach ein paar Minuten stellte sie mir eine unangenehme Frage: „Mich geht es eigentlich nichts an, aber warum betrügst Du Deine Frau? Liebst Du sie nicht?"

„Doch, sehr", antwortete ich. „Warum gehst Du dann fremd?" „Sex und Liebe sind zweierlei Sachen", erklärte ich ihr meine Philosophie. „Sex ist etwas Wunderschönes und ich kann nicht mein ganzes Leben lang nur mit einer Frau Sex haben. Dann werde ich unglücklich und die Beziehung geht kaputt." „Weiß Deine Frau von Deinen Affären? Führt ihr eine offene Beziehung oder so?" Wieder unangenehme Fragen.

„Sie weiß nichts davon, und eine offene Ehe führen wir auch nicht", war meine trockene Antwort. „Ich mache das nebenher, sie weiß von nichts. Ich weiß, dass es moralisch nicht sauber ist und dass es sie verletzen würde, sollte sie draufkommen, aber sie wird es nie erfahren. Ich verletze sie ja nicht, ich liebe sie über alles, ich trage sie auf Händen. Und das macht schließlich eine Beziehung aus."

„Na gut, wenn Du meinst", antwortete Joanna etwas traurig. Sie schien gerade den Glauben an die Menschheit verloren zu haben. Mir doch egal, was die denkt. Wir schwiegen uns eine Wiele an, dann musste ich gehen. Ein Küsschen auf den Mund beendete das Beisammensein und ich fuhr nach Hause. Der Abend mit Andrea und John Paul war schön. Als der Kleine im Bett war, verführte mich Andrea mit einem heißen Strip und wir hatten tollen Sex. Andreas Körper hatte sich von der Geburt gut erholt, sie war genauso sexy wie zu ihren besten Zeiten.

Am nächsten Tag verhielt sich Joanna zurückhaltend. Keine Annäherungsversuche, keine aufreizenden Blicke. Immer wieder versuchte ich an sie heranzukommen, doch sie blieb stur bei der Arbeit. Irgendwann stellte ich sie zur Rede: „Was ist los?" „Nichts. Was meinst Du?", fragte sie zurück. „Dein Verhalten mir gegenüber hat sich verändert. Du behandelst mich wie einen Fremden. Warum?" Joanna blickte mich verzweifelt an: „Ich komme damit nicht klar. Ich kann nicht mit Dir vögeln, während Deine Frau zu Hause sitzt und an Dich denkt.

So ein Dreierspiel geht nicht gut." „Es ist kein Dreierspiel", erklärte ich. „Meine Frau und ich gehören zusammen, und wir beide haben Sex." „Ich kann das nicht. Ich kann nicht mit einem verheirateten Mann Sex haben und so tun, als wenn nichts wäre", meinte sie betrübt. „Du bist ein toller Mann und ich würde gerne mit Dir Spaß haben, aber die Umstände blockieren mich. Lass uns nur noch professionell miteinander umgehen und das Projekt zu Ende führen."

„Gut, wenn es Dein Wunsch ist, machen wir das so", sagte ich schnippisch und packte meine Sachen. „Warum gehst Du jetzt?", fragte sie eingeschüchtert. „Ich will Dich nicht von der Arbeit abhalten, schließlich bezahle ich Dich für Leistung, also bringe das Projekt anständig zu Ende. In einer Woche will ich Resultate sehen."

Mit diesen Worten ließ ich sie stehen und ging. Joanna hatte sich selbst ins Aus buxiert. Auf dem Weg zum Auto rief ich meinen Kollegen Jakob an und übergab ihm den Auftrag, sich von nun an um das Projekt zu kümmern. Ich gab ihm die Kontaktdaten von Joanna und hakte das Thema für mich ab.

Nancy

Hübsch, aber dumm. So konnte man Nancy am besten beschreiben. Nancy war im Gastronomieservice tätig, der auch unsere Firma mit Junk Food zupumpte. In unserer Kantine sah ich sie hin und wieder, wie sie frische Altware anlieferte und dann wieder verschwand. Hektisch war sie immer und flott auf den Beinen.

Eines Tages stolperte sie in der Kantine auf mich zu und ließ eine volle Kiste Cola-Flaschen fallen. Danach fiel sie. Ich half ihr hoch und schaute sie an. „Aua!", stöhnte sie und zeigte mir ihre roten Ellenbogen und wunden Knie. „Das hat sicher wehgetan", meinte ich verständnisvoll und befahl einer anwesenden Putze, das heruntergefallene Chaos zu beseitigen.

„Kommen Sie mit, ich helfe Ihnen", versprach ich ihr und führte sie in mein großes Büro. „Was war denn los?", wollte ich den genauen Tathergang wissen. „Ich weiß nicht, ich bin einfach weggerutscht, dann hat es mich böse hingeschmissen", jammerte sie. Böse waren auch ihre Wunden, die bluteten.

Ich desinfizierte ihren Unglückskörper und verarztete sie nach bestem Wissen und Können. „Soll ich Sie ins Krankenhaus fahren?" „Nein, es geht wieder", antwortete sie. „Vielen Dank, dass Sie sich um mich kümmern." „Ist doch nichts", lächelte ich und schickte sie auf ihren Weg. Am nächsten Tag sahen wir uns wieder. Nancy lächelte mich an und kam auf mich zugestapft.

„Na, ist alles okay bei Ihnen?", startete ich die Konversation. „Ja, geht schon, es tut noch weh, aber ich kann arbeiten." Ich drückte ihr eine Cola in die Hand, die sie gierig ausschlürfte. Währenddessen musterte ich sie: 1,60 m groß, knapp 50 kg, gefärbte rote, lange Haare, Nasenring, schöne Titten. Musterung bestanden. Interesse geweckt.

Sie strahlte mich an. „Und wer sind Sie hier?" „Na, der Boss", protzte ich und ließ den Vize beiseite. „Dann gebe ich Ihnen einen Tipp: Essen Sie nichts von uns. Das ist der letzte Dreck." Eine ehrliche, wenn auch dumme Haut, sich sein eigenes Geschäft derartig zu vermasseln, dachte ich.

Aber ich bedankte mich artig für den Ratschlag und schlug vor, dafür etwas Anständiges essen zu gehen. Mit ihr. „Ich lade Sie ein, was sagen Sie dazu?" „Aber nur mexikanisch, ich mag alles andere nicht." Na gut, aber die mexikanische Küche ist bekanntlich nicht die schlechteste.

„Jetzt gleich?" „Nee, geht nicht, muss arbeiten. Geht erst heute Abend." Ich überlegte kurz. „Ja, lässt sich einrichten." Ich verlangte nach ihrer Handynummer, doch die wusste sie nicht. Na gut, dann gebe ich ihr halt meine. Ich kannte einen guten Mexikaner ums Eck, dort verabredeten wir uns für 18 Uhr. Als sie kam, kam auch ich fast, so geil sah sie aus.

In Minirock und engem, busenfreundlichem T-Shirt watschelte sie sexy auf mich zu. „Hallo, darf ich mich setzen?" „Natürlich", signalisierte ich ihr meine Bereitschaft auf mehr. Schnell waren wir beim Du und tauschten erste Informationen aus. Ich erfuhr, dass sie 22 Jahre alt war und schon seit ihrem Realschulabschluss im Catering arbeitete. Eine Ausbildung hatte sie keine, war es doch der Betrieb eines Kumpels.

Ich erzählte ihr von meiner verantwortungsvollen Position und sie staunte. „Voll cool, was ihr da so beim Fernsehen macht. Am besten gefällt mir der ganze Radio-Teil." „Schätzchen, Radio ist doch etwas völlig anderes", erklärte ich ihr. „Die machen Radio, wir machen Fernsehen." „Ach so", kapierte sie und tatschte ins nächste Fettnäpfchen: „Macht Dir das Spaß, Fernseher zu bauen?"

Ich schluckte. So viel Dummheit war doch nicht normal. „Mäuschen, wir bauen hier keine Fernseher, wir machen Fernsehen. Sendungen, Shows, Interviews, Nachrichten, wir produzieren das, was Du dann siehst." „Aha", staunte sie. Wenn sie vom Tuten und Blasen genauso wenig Ahnung hatte wie vom Leben, na dann gute Nacht, dann gehe ich gleich wieder.

Leider ging die Unterhaltung so weiter. Nancy präsentierte sich als wirklich dumme Schlampe. Sie schien hinter dem Mond zu leben, hatte keine Ahnung von Politik, Wirtschaft, Benehmen oder Manieren. Ihre Cola trank sie aus der Flasche. Das Glas daneben muss sie wohl übersehen haben. Sie rauchte, obwohl dies ein Nichtraucher-Lokal war. Als der Wirt sie dezent darauf hinwies, drückte sie die Zigarette in der Serviette aus.

Das Essen aß sie mit Löffel und Fingern, ich schämte mich sehr. Irgendwann fanden wir ein Thema, von dem sie anscheinend mehr Ahnung hatte: Sex. „Ich weiß nicht, wie viele Typen ich schon im Bett hatte, bei 50 habe ich aufgehört zu zählen." Ist ein Wunder, dass die überhaupt so weit zählen kann, dachte ich. „Und Du?" „Ich bin verheiratet", schoss es unüberlegt aus mir heraus.

„Ah, verheiratete Männer sind mir am liebsten, die stellen keine Forderungen oder Fragen", lächelte sie und schmiss ihre roten Haare zurück. Das war eine geile Einstellung, fand ich, und ging aufs Ganze, doch noch bevor ich ihr die Frage des Abends stellen konnte, fügte sie hinzu: „Dich würde ich auch nehmen." „So, würdest Du." „Ja, Du bist ein geiler Kerl", grinste sie und griff mir im Restaurant und vor allen Anwesenden an den Schwanz. Zum Glück hatte es niemand gesehen.

„Doch nicht hier, bist Du wahnsinnig?", zürnte ich sie an. „Wo denn?" „Na, zum Beispiel bei Dir zu Hause, im Lager, auf einer Toilette, von mir aus auch in meinem Büro, aber doch nicht hier im Restaurant vor allen Leuten!" „Komm mit!", zog sie mich hoch und riss mich mit. Was hatte sie vor? Wollte sie abhauen, ohne zu zahlen? Nein, ihr Weg führte uns in die Damen-Toilette.

„Das kann doch nicht Dein Ernst sein", meinte ich kopfschüttelnd. „Doch, Du sagtest Toilette." Na gut, es hatte keinen Sinn zu widersprechen. Wir verkrochen uns in die einzigen Damen-Toilette des Hauses und schlossen ab. Nancy ging ran wie eine halbverhungerte, wilde Katze. Schnell war meine Hose unten und sie blies mir einen.

Ich saß auf der Kloschüssel und schaute zu. Sie hockte vor mir und arbeitete gut und geil. Ihre langen, roten Haare hingen in ihrem Gesicht und bedeckten meinen Bauch. Plötzlich klopfte es an die Tür, da musste wohl jemand dringend sein Geschäft erledigen, doch das interessierte uns wenig, schließlich war unser Geschäft wichtiger.

Die Person haute wieder ab. Gut so. Nancy beschleunigte ihr Tempo und ich spürte meinen Orgasmus brodeln. „Ah!", stöhnte ich leise und schoss meine Ladungen in ihr dummes, aber fleißiges Mündchen.

Als ich fertig war, schmiss sie ihre Haare nach hinten und ich sah ihr Gesicht: Sperma klebte an ihren Lippen und an ihrer Wange. Wie geil das aussah! „Das hast Du gut gemacht", flüsterte ich ihr zu. „Danke", entgegnete sie. Vorsichtig öffneten wir die Tür und checkten die Lage. Keine Gefahr in Sicht.

Ich stürmte aus der Damen-Toilette und begab mich an unseren Tisch. Die komischen Blicke des Wirtes ignorierte ich. 2 Minuten später kam Nancy, sie hatte sich noch frisch gemacht, die Lippen nachgezogen und das Parfüm erneuert. Auch sie musste sich den wirren Blicken des Wirtes und einigen Gästen stellen, doch das interessierte sie herzlich wenig. Wir zahlten und gingen.

2 Tage später trafen wir uns in der Firma wieder in der Kantine. Nancy kam unverblümt zu mir rüber und setzte sich zu mir auf die Bank. „Nicht so auffällig", bat ich sie. „Oh, sorry", meinte sie. „Hast Du 10 Minuten Zeit?" „Ja, warum?", fragte ich sie. „Komm mit!"

Sie lief vor und ich hinterher. Ziel waren die Toiletten. „Aber hier in der Firma lieber ni…", wollte ich sagen, doch schon war es zu spät und ich befand mich in einer der Damen-Toiletten. Schwupps, war meine Hose unten und mein Schwanz in ihrem Mund. Same procedure as last time. Nancy saugte gekonnt an meinem Schwanz entlang und blies ihn echt gut. Doch wir bekamen wieder Besuch. Ich hörte 2 Frauenstimmen, die eintraten und die beiden Toiletten neben uns besetzten.

Shit, dachte ich, so ein Mist, die dürfen unter keinen Umständen etwas bemerken, sind schließlich Kolleginnen. Ich schob Nancys Kopf nach hinten und signalisierte ihr, bitte still zu sein. Sie verstand. Wenigstens dieses eine Mal. Trotzdem konnte sie ihre Hände nicht von meinem Penis lassen und kraulte ihn so lange, bis die beiden unbekannten Damen weg waren.

Schnell beendete sie ihren Job und schluckte wieder meinen Samen. Diesmal war es schwieriger, aus der Toilette zu entkommen, denn erneut waren unliebsame Gäste eingetreten. Mittagspause halt. Scheiße. Über 10 Minuten waren wir gefangen, ehe sich eine Möglichkeit zur Flucht bot. Gott sei Dank wurden wir nicht gesehen. Auf der Firmen-Toilette nicht noch mal, soviel stand für mich fest.

Das nächste Mal nahm ich sie mit in mein Büro und sperrte ab. So, hier waren wir sicher. Und hier hatten wir auch mehr Platz. Nancy schälte sich geil aus ihrer engen Jeans und zog sich auch das Shirt mitsamt BH aus. Zum ersten Mal sah ich ihren Körper: Er war knackig und geil, jung und schön. Nancy hatte nur noch einen weißen String-Tanga an, der aber kurz darauf zu Boden fiel. Zarte, rötliche Schamhaare bedeckten den unteren Teil ihres Venushügels. Göttlich!

Sofort startete sie mit der Arbeit und blies mich in meinem Chefsessel glücklich. Sie kniete vor mir und lutschte so lange an meiner Salami, bis diese explodierte. 9 oder 10 Ladungen waren es, die ich ihr schenkte. „So, jetzt tauschen wir mal", sagte ich und bot ihr meinen Platz an. Genüsslich nahm sie auf meinem Bonzen-Thron Platz. In Sakko und mit offener Hose begann ich, ihre saftige Muschi zu lecken.

Als sie immer lauter stöhnte, ermahnte ich sie, still zu sein und leise zu genießen, was ihr sehr schwer fiel. Ich drückte ihr ihre Jeans ins Gesicht, sie biss zu und konnte so weitere in dieser Situation heiklen Töne unterdrücken. Meine Zirkulationen wurden immer wilder, dann stieß ich meine Zunge in ihre Höhle und führte meine legendäre Katja-Leck-Technik durch, bis sie kam.

Sie kam so heftig, dass sie fast mit dem Stuhl umflog. Ich musste sie festhalten und zu mir zurückziehen. Ihre Zuckungen waren intensiv und ihr Gesicht wirkte süß dabei. „Schnell noch eine Runde poppen?", fragte sie mich kess. „Sorry, aber ich habe gleich einen Termin, ich muss weg, beziehungsweise Du musst weg." „Wieso?", fragte sie dumm.

„Na, weil der Termin zufällig hier drin stattfindet." Sie verstand und ging. 20 Minuten später kam der Termin. Eine attraktive junge Dame betrat mein Büro und stellte sich vor. „Guten Tag, Silke Meissmann mein Name. Ich bin hier zum Bewerbungsgespräch." Sie wurde mein nächstes Abenteuer.

Silke

Silke war eine sehr attraktive und gut gebildete Frau, sie hatte studiert und hervorragende Referenzen. Sie gefiel mir. Schon nach 10 Minuten hatte sie den Job. Sie wurde das neueste Mitglied unseres Teams und startete gut gelaunt in dieses – was noch keiner wusste – kurze Gastspiel. Bevor ich mit Silke intim wurde, lief noch 2 Wochen mit Nancy was. Wir hatten noch dreimal Sex bei ihr zu Hause, was immer sehr schön war.

Ich fickte ihre süße, kleine Muschi ordentlich durch und besorgte es ihr in allen möglichen Stellungen. Danach machte ich Schluss mit ihr, was sie locker verkraftete. Inzwischen bahnte sich das mit Silke an. Silke war groß, normalschlank und Anfang 30. Schulterlange, braune Haare hatte sie, wohlgeformte Brüste und einen durchtrainierten, aber etwas zu breiten Po.

Typisch Reiterin. Silke war im Regie-Team als Assistentin beschäftigt und wir arbeiteten fast täglich zusammen. Täglich kamen wir uns näher. „Du hast einen sehr guten Ruf hier", erzählte sie mir eines Abends nach vollendeter Arbeit. „Alle Kollegen mögen Dich und sprechen in höchsten Tönen von Dir." „Das ist schön zu wissen", antwortete ich stolz. „Und Du, fühlst Du Dich wohl bei uns?"

„Ja", lächelte sie, „ein nettes Team, tolle Kollegen, eine Arbeit, die Spaß macht, was will man mehr?" „Hast Du Lust, noch etwas trinken zu gehen?", fragte ich sie unverblümt und direkt. „Ja, gerne", strahlte sie und folgte mir. Wir checkten in die Medusa Bar ein und bestellten Bier. Die Unterhaltung war gut, Silke und ich verstanden uns prima und freundeten uns an. Wir flirteten auch. Immer wieder warf sie mir heiße Blicke zu und nuckelte geil an ihrer Bierflasche, als ob sie gerade einen Penis leckte. Das törnte mich ziemlich an. Ich wollte mehr.

„Hast Du eigentlich einen Freund?", wollte ich wissen. „Du meinst, ob ich mit Dir Sex haben will?" Das traf. Sie hatte mich durchschaut und hielt mir nun den Spiegel der Wahrheit vor die Nase. Was tun? Den dummen August spielen oder in die Offensive gehen? Ich entschied mich für die zweite Variante. „Wenn Du so direkt fragst, Ja."

Silke grinste scharf: „Wusste ich es doch, das habe ich von Anfang an gemerkt, schon im Büro." Sie hatte schon wieder Recht. „Ja, als ich Dich beim Vorstellungsgespräch gesehen habe, ist mir das auch schon durch den Kopf gegangen", rechtfertigte ich mich ehrlich. „Tja, Ihr Männer seid alle gleich. Zu Hause Frau und Kind, aber mit einer anderen poppen wollen."

Woher wusste sie das? Hatte sie mich ausspioniert oder sich über mich erkundigt? „Verdammt noch mal, woher weißt Du das?", staunte ich mit offenem Mund. „Man hat seine Quellen." Ich war sprachlos und wusste nicht, wie ich reagieren soll. „Hör zu, mir ist egal, ob Du Frau und Kind hast, wir können uns schon einig werden", hauchte sie mir in einem zarten Ton zu.

„Was meinst Du damit?", hakte ich nach und verstand noch nicht. „Man nennt es Affäre, eine offene Liebelei, Spaß im Bett, such Dir etwas aus." Ich konnte mein Glück kaum fassen. „Genau in dieser Reihenfolge", grinste ich und willigte dem Deal ein. Unser erstes Date fand keine 20 Stunden nach dieser heißen Absprache statt. Wir verließen um 16 Uhr die Firma und fuhren zu ihr. Silke wohnte sehr schön in einer großen Eigentumswohnung auf über 150 qm.

Eine halbe Million hatte die Bude gekostet, ein Geschenk der Eltern. Ohne langes Vorgerede führte sie mich ins Schlafzimmer und legte los. Zuerst entkleidete sie mich, dann sich. Ihr Körper war schön und ästhetisch, ein sexy, hellbrauner Irokesen-Schamhaarstrich schmückte ihre Pussy. Silke küsste wie die Feuerwehr: Feucht und nass.

Sie schob mich immer wieder in die für sie beste Knutschposition und schlängelte ihre Zunge tief in meinen Hals hinein. Endlos trieb sie das, ich glaube, wir knutschten satte 30 Minuten. Mir wurde schon nach 10 Minuten langweilig, doch Frauen ticken da nun mal anders. Egal.

Endlich fing sie an, meinen Körper zu streicheln und glitt immer tiefer und tiefer, bis sie am Ziel meiner Träume angelangt war: An meinem Schwanz. Während sie damit spielte, spielte ich mit ihren Möpsen und graste ihren Hügel mit meinen Fingern ab. Aber Petting reichte ihr nicht, sie wollte mehr. „Lass uns miteinander schlafen", hauchte sie mir ins Ohr.

Doch leider hatte sie keine Kondome da. Ich hatte auch keine, aber das war ihr egal. „Komm, da passiert nichts", meinte sie lässig, „ich nehme die Pille." Alright, dachte ich und drang schutzlos in sie ein. Silke liebte es, von mir gevögelt zu werden. Laut stöhnte sie, während ich die harte Arbeit erledigte. In der Missionarsstellung spritzte ich ab. Ihre Möse nahm mein Sperma dankend auf, sie zuckte fleißig mit, also war auch sie am Kommen.

„Das war geil!", jubelte ich und ließ mich erschöpft auf ihr riesengroßes Bett fallen. Nach einer Pause von 20 Minuten wollte sie noch mal. „Wieder so wie vorhin", bat sie mich und ich tat es gerne. Die Missionarsstellung funktionierte bei Silke super, mein Penis passte gut in sie rein und ihr Anblick törnte mich an. Doggy hätte nicht so gut funktioniert, zu breit wäre mir ihr Arsch dabei im Weg gestanden.

Ich gab mein Bestes und nagelte sie, bis sie ihren Höhepunkt erlebte. Ihre Zuckungen waren zu viel für mich und massierten meinen Knüppel zum Cumshot. Ich kam wieder in ihr und zog dann meinen erschlafften Helden heraus. Wir tranken noch Bier zusammen, dann fuhr ich nach Hause. 2 Tage später ergab sich erneut eine günstige Gelegenheit und wir wiederholten das Techtelmechtel, wieder bei ihr zu Hause.

Zuerst badeten wir heiß und knutschten dabei so wild, dass das Wasser den Boden putzte. Unter Wasser holte mir Silke einen runter. Wie wahnsinnig schüttelte sie meine Nudel, doch unter Wasser spürt man das nicht so intensiv. Also brauchte ich sage und schreibe 15 Minuten, bis ich das Wasser mit meinem Sperma verdünnte. Es war ein geiler Orgasmus!

Ebenso rubbelte ich ihre Clit unter Wasser, bis sie kam, ebenso circa 15 Minuten dauerte es. Silke genoss dies so sehr, dass sie, als sie kam, fast den Boden unter dem Hintern verlor und um ein Haar absoff. Weiter ging es auf dem Bett mit einer heißen Massage.

Ich schnappte mir die Bodylotion und befahl Silke, sich gemütlich auf den Bauch zu legen. Ich cremte sie ein, ihren Rücken, ihre Arme, ihre Beine und schließlich ihren Po. Um den kümmerte ich mich ganz besonders. Nicht nur mit meinen Händen, sondern auch mit meiner Zunge cremte ich ihn ein.

Zuerst die linke Pobacke, dann die rechte, dann die Ritze. Ich griff ihr tief zwischen die Beine, dehnte diese weit auseinander und leckte von hinten ihre weite Pussy. Silke stöhnte ordentlich und krallte sich am Kopfkissen fest. In dieser Leck-Position musste ich umdenken: Zunge tief hinein stecken und dann mit kreisenden Bewegungen nach unten drücken, nicht nach oben, schließlich lag sie ja verkehrt herum.

Es funktionierte. Die Silke krampfte zusammen und ließ sich gehen. Harte Wellen der Lust strömten durch ihren Körper, ihre Pobacken wackelten wie ein Erdbeben und ihr Pussy-Saft befeuchtete die Bettdecke. Geil! Nun war ich an der Reihe. Silke revanchierte sich mit einer ebenso ausgiebigen und befriedigenden Massage. Zuerst streichelte sie meinen Rücken, dann meine Arme, meine Beine und schließlich meinen Po.

Den cremte sie ganz besonders gut ein und küsste ihn zart. Dann glitten ihre Hände tief zwischen meine Beine und kraulten meine Eier. Das fühlte sich unbeschreiblich schön an. Ich hob mein Becken etwas an und sie zog meinen Penis zu sich nach hinten. Noch war er nicht ganz steif, aber das wurde er schnell. Je steifer er wurde, desto schmerzhafter wurde es aber auch. Auf dem Bauch liegend ist es ja nicht natürlich, den Penis durchzubiegen, dass er als drittes Bein hinten zwischen den beiden Hauptstelzen liegt. Aber noch konnte ich es ertragen.

Silke senkte ihren Kopf zwischen meine Beine und nahm meine Eichel in den Mund. An ihr lutschte sie nun fleißig herum. Vorwärts, rückwärts, schnell und beständig. Mit ihren Händen streichelte sie meinen knackigen Po.

Ich lag auf dem Bauch und wurde oral verwöhnt, in einer Position, die neu für mich war. Langsam merkte ich, dass ich es nicht länger aushielt und gab Silke Bescheid, dass ich gleich kommen werde. Ignorant saugte und lutschte sie meinen Dong weiter, bis ich ihr alles in den Mund spritzte. Es war ein Megaorgasmus, der, obwohl der zuckende und verbogene Penis nun schon ziemlich wehtat, ein einmaliges Erlebnis war.

Erschöpft drehte ich mich um und sah Silke ins Gesicht. Mein Sperma klebte an ihren Lippen und tropfte aus ihrem Mund. Schlucken wollte sie es nicht, dafür ausspucken. Wir kuschelten noch kurz, dann sagte ich Tschüss und ging.

Silke war nicht meine Traumfrau, aber sie wurde zu meiner Geliebten. Sie war mehr als ein One Night Stand. Unsere Affäre dauerte nun schon über 2 Monate und wir dateten uns zweimal die Woche, immer so, dass Andrea nichts mitbekam. Ich liebte Silke nicht, hatte mich auch nicht in sie verliebt, aber ihre offene und lockere Art kam mir sehr entgegen. Der Sex war gut, keine langen Gespräche, keine Fragen, keine Antworten.

Eines Tages kam Silke aufgeregt zu mir und bat mich um ein Gespräch unter 4 Ohren. „Was ist los?", fragte ich sie. „Ich muss Dir etwas Wichtiges sagen", spannte sie mich weiter auf die Folter. Sie schaute mich mit großen Augen an: „Ich bin schwanger." „Herzlichen Glückwunsch!", gratulierte ich ihr, ohne den Ernst der Lage auch nur ansatzweise erkannt zu haben. Dann der Schock: „Von Dir." Ich schluckte und spürte mein Herz, wie es stehen blieb. „Wie bitte?", rang ich nach Luft.

„Ich bin von Dir schwanger", wiederholte sie die grausame Botschaft. „Das kann nicht sein, Du hast doch verhütet, Du hast die Pille genommen!" „Aber die hat irgendwie nicht gewirkt." „Das gibt´s nicht, das kann nicht sein", hechelte ich nach Luft und musste mich setzen. „Bist Du Dir sicher?", fragte ich entsetzt. „Ja, ich war beim Arzt, er hat mir die Schwangerschaft bestätigt." Horror. Blanker Horror.

„Wahrscheinlich ist es von einem anderen", versuchte ich mich, an den letzten Strohhalm zu klammern. „Nö, in den letzten Monaten hatte ich nur mit Dir Sex, es kann nur von Dir sein." Schock. Ich wusste nicht, was ich tun sollte. Mein Kopf war leer, geschädigt, betrogen und ausgesaugt. Ich war verzweifelt, hilflos, traurig und wütend.

„Und was jetzt?", fragte sie mich. „Abtreiben!", schoss es aus mir heraus. „Du musst abtreiben!" „Ich will aber kein Kind umbringen." „Mann, Du bringst doch kein Kind um, dazu ist es doch noch viel zu klein", konterte ich moralisch unsauber, „aber wenn Du es bekommst, bringst Du damit mich und meine Ehe um. Willst Du das?"

„Nein, natürlich nicht", stammelte sie und überlegte. Es schien wirklich keine andere Lösung zu geben. Silke sah ein, dass es keinen Sinn hatte, alleine ein Kind auszutragen, ebenso wenig von einem Mann, den sie nicht liebte.

Es war ja nur Sex bei uns. 10 Minuten später trafen wir dann endgültig die Entscheidung: Abtreiben. Silke ging zum Arzt und ließ alle Vorbereitungen treffen, dann wurde der Eingriff durchgeführt. Ich war befreit und glücklich. Fast hätte mich diese dumme Fotze mein Leben gekostet.

Als alles überstanden war, sah ich Silke mit anderen Augen. Ich hatte keine Lust mehr auf sie und distanzierte mich von ihr. Außerdem stellte sie eine Gefahr für mich dar, da sie zu viel wusste. Ich musste sie loswerden. Doch wie? Fachlich war sie sehr gut, da konnte ich sie nicht belasten. Beliebt bei Kolleginnen und Kollegen war sie auch, es musste also ein Trick her.

Teuflisch, wie ich bin, überlegte ich, was zu tun ist. Ich besorgte mir ein paar Drogen, Kokain, Haschisch und Marihuana, alles leicht am Münchener Hauptbahnhof zu organisieren, und platzierte die Beutelchen gut versteckt in Silkes Spind. Ein kleines bisschen Koks verteilte ich im Regieraum am Boden und auf dem Mischpult. Am nächsten Morgen, ich kam gerade zur Arbeit, herrschte bereits große Aufregung.

Ich wurde sofort zu meinem Chef beordert, der mit mir etwas Wichtiges besprechen wollte. „Stellen Sie sich vor, wir haben Spuren von Kokain gefunden." „Wo denn?" „Im Regieraum. Auf dem Boden und dem großen Mischpult." „Unglaublich", staunte ich dumm, „wer macht denn so was?" „Keine Ahnung", entsetzte sich mein Chef, „das müssen wir umgehend herausfinden!"

„Ich schlage vor, wir überprüfen all unsere Mitarbeiter, zumindest alle, die Zugang zum Regieraum haben." „Eine gute Idee", meinte Chef, „und wie wollen wir das tun? Wir können schlecht jeden filzen." „Naja, wir könnten ja mal die Spinde kontrollieren, vielleicht findet sich dort etwas." Gesagt, getan. Wir schickten ein Sonderkommando los, und eine brutale Stunde später stand die Schuldige fest: Silke.

Sie musste antanzen. Da waren wir nun: Mein Chef, Silke und ich. „Meine liebe Silke", startete unser Chef die Moralpredigt, „Sie sind nun seit 3 Monaten bei uns und ich war stets zufrieden mit Ihrer Leistung. Haben Sie eine Ahnung, warum Sie jetzt hier sind?" „Nein", schüttelte Silke überrascht den Kopf und blickte mich verwundert an.

Ich saß da und ließ Chefchen weitermachen. „Drogen", sagte er ruhig und hielt Silke einen Beutel mit weißem Pulver vor die Nase. Silke verstand nicht: „Hm, und?" „Jetzt tun Sie nicht so unschuldig!", platzte mein Chef auf. „Rechtfertigen Sie sich lieber, verdammt noch mal!" „Aber wofür denn?", stotterte Silke verängstigt. „Was habe ich damit zu tun?"

„Da fragen Sie noch?!", polterte mein geliebter Chef weiter. „Diesen Beutel und noch ein paar weitere haben wir vor 15 Minuten in Ihrem Schrank gefunden!" Silke kapierte das alles nicht, verständlich. „Ich habe damit nichts zu tun", rechtfertigte sie sich und schluckte nach Luft. Hilflos sah sie mich an, doch was sollte ich tun?

„Ich nehme keine Drogen!" „Tja, das würde ich an Ihrer Stelle jetzt auch behaupten", konterte mein Chef zornig. „Sie haben Schande in dieses Haus gebracht und mein großes Vertrauen mit Füßen getreten. Betrachten Sie diesen Drogenfund als fristlose Kündigung. Und jetzt raus!"

Silke war sprachlos und den Tränen nahe. „Komm", sagte ich und führte sie heraus. „Aber ich habe doch nicht …" „Ich weiß, ich glaube Dir", beruhigte ich sie. „Ich habe meinen Chef versucht umzustimmen, aber er ließ nicht mit sich reden. Tut mir Leid."

„Ist schon gut, ist ja nicht Deine Schuld, aber ich möchte wissen, wer mir diesen miesen Streich gespielt hat. Den bringe ich um!" Arme Silke, aber besser war es so. Für sie und für mich. Besonders für mich. Silke schied aus meinem Arbeits- und Sexleben und ich war wahnsinnig erleichtert, dieses Kapitel erfolgreich abgehakt zu haben.

Lucy

Lucy war blutjunge 18 und absolvierte ein 5-tägiges Praktikum bei uns. Sie besuchte das Gymnasium, die 12. Klasse, und wollte unbedingt das vorgeschriebene Praktikum beim Fernsehen machen. Lucy war ein bulgarisches Teenie-Luder, das genau wusste, was sie wollte. Ihr Auftreten war souverän und sehr verführerisch, sie verdrehte allen Kollegen die Köpfe.

Lange, braune Haare, ein hübsches Engelgesicht, millimetergenau gezupfte Augenbrauen, wolllustige Lippen, 1,75 m groß und modelschlank, ich schätzte sie auf 50 kg. Sie hatte kleine, aber formschöne Brüste, das konnte man erkennen, und einen unglaublich reizvollen Hintern in der Hose. „Mann, mir gefällt es hier echt super!", sagte sie mir am zweiten Tag, als ich ihr im Gang begegnete und mich nach ihrem Befinden erkundigte. „Das ist schon eine geile Welt, in der ihr hier lebt."

„Ja, finde ich auch", grinste ich zurück. „Ich will das später auch machen. Meinst Du, ich könnte bei Euch anfangen?" „Klar, warum nicht, aber davor solltest Du eine entsprechende Ausbildung abschließen", riet ich ihr. „Okay, kannst Du mir da ein paar Tipps geben und mich beraten?" „Klar!" Wir aßen zusammen Mittag und ich erkläre Lucy das Business und die verschiedenen Berufsbilder der Branche.

Sie hörte interessiert zu und lächelte mich dabei nett an. „Weißt Du was? Ich muss morgen für 2 Tage geschäftlich nach Frankfurt, ein Projekt begutachten und absegnen. Wenn Du willst, nehme ich Dich mit", schlug ich ihr vor. „Au ja, das wäre super!", jubelte sie hocherfreut. „Wann geht's los?" „Schon um 6:20 Uhr. Wir fahren mit dem Auto hoch und übernachten im schönen Hilton.

Am nächsten Tag sind wir schätzungsweise am späten Nachmittag fertig und fahren dann zurück. Wird also ein langer Trip." „Das ist egal, ich freue mich darauf!", bedankte sich Lucy für meine Einladung. Ich lief rasch in mein Büro und buchte noch ein Zimmer für sie. Andrea erzählte ich ganz ehrlich von der jungen Praktikantin und dass ich sie mit nach Frankfurt nehme.

„Dann hat sie in der Schule was zu erzählen", argumentierte ich und nahm meine Andrea in den Arm. Sie verstand es und lobte mich für mein tolles Menschliches: „Wenn jeder Chef so umsichtig wäre wie Du, würde das Arbeitsleben viel mehr Spaß machen", meinte sie stolz und drückte mich fest. Wir gingen früh schlafen, schließlich war die Nacht kurz, denn um 6:20 Uhr musste ich Lucy auf dem Firmengelände abholen.

Lucy erwartete mich gestylt wie Lady Gaga. Sie trug einen knappen Minirock und ein knallbuntes Shirt, darüber eine halb zerrissene Jeansjacke. Und Schminke hatte sie intus. Viel Schminke. Sexy Schminke. In hohen Stiefeln stieg sie in meinen BMW ein, und ab ging die Fahrt. Ich düste mit weit über 200 km/h die Autobahn hoch, während Lucy noch müde war.

„Ich penn 'ne Runde", sagte sie, zog sich die Schuhe aus und stellte den Sitz auf Schlafposition. Da lag sie nun neben mir, hübsch und fertig. Sie lag fast flach da, ihre Beine waren frei und nackt. Ich begutachtete sie: Sie waren schön und glatt, jung und frisch. Ihr Rock verdeckte wirklich nicht viel, nur das Wichtigste. Schade.

Als wir ankamen, rüttelte ich die Kleine wach und wir checkten schnell im Hotel ein. Dann ging es ins Studio. Unsere Kooperationspartner erwarteten uns bereits und starteten mit der Showpräsentation, mit der ich durchaus zufrieden war, einige Kleinigkeiten aber gab es doch noch zu tun. An die Arbeit! Um 19 Uhr beendeten wir die Session und fuhren zum Hotel zurück. Auf dem Weg sahen wir ein persisches Restaurant und entschlossen uns kurzerhand, es auszuprobieren.

Das Essen schmeckte sehr gut und wir unterhielten uns prima. Lucy erzählte mir von ihren Eindrücken des Tages und wie spannend das alles für sie sei. Ich freute mich. Weiter ins Hotel. „Gehen wir heute Abend noch aus?", fragte sie mich im Fahrstuhl. „Wohin denn?" „Na, tanzen zum Beispiel. Ich habe Lust auf Party!"

„Hm", überlegte ich. Es war ein langer und harter Tag für mich gewesen, doch etwas Unterhaltung würde mir sicherlich gut tun. „Okay", willigte ich ein und wir verabredeten uns für 21:30 Uhr, Treffpunkt Rezeption. Mich traf fast der Schlag, als ich Lucy wiedersah. Wollte sie auf den Strich?

Anschaffen gehen? Eine billige Nutte war noch edel angezogen gegen sie. In einem noch kürzeren Rock und einem fast durchsichtigen, bauchfreien T-Shirt erwartete sie mich und schleppte mich zum Auto. Ihre Brüste konnte man deutlich erkennen, sie schimmerten durch. Sie gefielen mir. Wir fuhren in Richtung Partymeile und entschieden uns für eine moderne Bar mit Tanzfläche und Musik im Keller. Nach 2 Bier wurde auch ich locker und amüsierte mich langsam.

Während Lucy wild tanzte und mit sämtlichen Typen blickvögelte, schaute ich in die Runde und entdeckte 2 hübsche Frauen auf einem Sofa. Die eine schaute mich geil an und grinste. Das war für mich Aufforderung genug, ihnen Gesellschaft zu leisten. Während ich also nun mit den beiden sehr attraktiven Damen flirtete, hatte sich Lucy einen Kerl gekrallt und umgarnte ihn nach allen Regeln ihrer Kunst.

Der Prolet wurde schnell schwach und hing ihr an den Titten. Wild knutschten sie auf der Tanzfläche, was mich aber nicht weiter störte, ich hatte ja gute Gesellschaft. Ling war äußerst süß und geil auf mich. Ihre Schwester Ming nicht. Egal. Ling war 24 und Studentin, Halbasiatin, deutschstämmig. Sie trug ein tiefes Dekolleté und präsentierte ihre für ein Mädel japanischer Abstammung doch recht großen Brüste.

Während Ming sich immer mehr ausklinkte, ging ich in die Flirtoffensive und kam Ling näher. Wir saßen nun ganz dicht zusammen. „Willst Du tanzen?", fragte ich sie und zog sie mit hoch. Sie hatte keine andere Wahl. Geschmeidig bewegte sie sich und tanzte den Tanz der 7 japanischen Schleier. Immer näher tanzte sie an mich heran, bis sich unsere Lippen streichelten. Fühlte sich gut an.

Also weiter. Erste Küsse, intensivere Küsse, Knutschen. Ich blickte nach rechts, Lucy tat dasselbe mit ihrem Muskelprotz. Ling wollte mehr: „Zu mir oder zu Dir?", fragte sie mich unverblümt. „Beides geht leider nicht", sagte ich. „Ich bin mit dem verrückten Mädel hier, die da, die gerade mit dem Typen rummacht, wir kommen aus München und ich bin für sie verantwortlich, wir müssen später zusammen gehen." „Schade", meinte Ling traurig, „ich hätte so gerne mit Dir geschlafen." Ich entsann mich meiner Toiletten-Abenteuer mit Nancy.

Doch darauf hatte Ling keine Lust. „Nee, Toilette ist schmutzig, das will ich nicht, da hat sich eine Freundin von mir mal infiziert." Mist, dachte ich, dann halt nicht. Eine Lösung gab es nicht. Egal, wir tanzten noch schön zusammen und knutschten noch ein bisschen, bis Ling traurig mit ihrer Schwester den Laden verließ.

Ich blickte in die Runde, die Lucy war immer noch am Feiern, aber alleine. Ich zog sie beiseite und fragte sie: „Wo ist Dein Stecher?" „Nach Hause gegangen", brüllte sie mir ins Ohr. „Ich dachte, ihr würdet ..." „Poppen? Ja, wollten wir auch, aber wo denn? Wir zwei sind zusammen gekommen und wir zwei müssen auch zusammen gehen. Hotel und so." Ein kluges Mädchen. 1 Stunde später hatte sich Lucy ausgetanzt und meinte, wir können jetzt abzischen. Ab ins Auto, zurück ins Hotel.

Im Auto schaute sie mich fragend an: „Und Du? Du hast doch mit der Asien-Perle rumgemacht. Die war ganz schön geil auf Dich, das habe ich gesehen." „Ja, ich hätte gerne mit ihr ..." „Gepoppt? Und warum hast Du es nicht gemacht?" „Wir wollten ja, aber wo denn? Und übrigens: Wir zwei sind zusammen gekommen und wir zwei müssen auch wieder zusammen gehen. Hotel und so. Du verstehst? Deshalb ging es nicht." Wir lachten.

Als wir auf dem Weg in unsere Zimmer waren, schaute mich Lucy verführerisch an und meinte: „Ich will aber heute unbedingt poppen. Ich bin furchtbar geil!" Ich schaute sie mit großen Augen an. „Hast Du Lust?", fragte sie mich. Da gab es nichts mehr zu überlegen. Schon waren wir in meinem Zimmer und Lucy ließ ihr kurzes Röckchen fallen.

Darunter hatte sie einen knallroten String-Tanga, der ihren Po perfekt in Szene setzte. Schwupps, zog sie sich noch ihr Shirt aus, nun sah ich ihre Brüste live and in living colour. Sie waren wunderschön. So spärlich bekleidet schritt sie selbstsicher auf mich zu und drückte mich aufs Bett.

„Du bist ein kleines Luder", grinste ich. „Ein kleines? Ein großes!", lächelte sie und zog mir meine Jeans mitsamt Unterhose in einem Ruck aus. Ich entledigte mich meines schicken Hemdes. „Leg Dich hin und entspann Dich", bereitete sie das Spektakel vor.

Wie eine Stripperin bewegte und räkelte sie sich vor meinen Augen, dass mir schwindelig wurde. Dann berührte sie mich. Ihre kleinen Hände wussten genau, was ein Mann will. Schnell waren sie an meinem Penis und spielten ihn knallhart. Ich lag da und genoss. Ihre handgroßen Brüste hingen mir entgegen, sie wollten Bekanntschaft mit meinen Lippen schließen, also zog ich Lucy zu mir nach unten und fing an, an ihren Nippeln zu saugen.

„Geil, weiter so!", stöhnte sie lustvoll und massierte meinen Dödel. Nach ein paar Minuten flüsterte sie mir ins Ohr: „So, jetzt verwöhne ich Dich mit dem Mund." Gesagt, gesaugt. Als sie meinen Schwanz in den Mund nahm, drehte ich vor Lust fast durch. Gekonnt lutschte sie meinen Schaft auf und ab und wichste zwischendurch mit der Hand. Wie gerne hätte ich ihr in den Mund gespritzt, doch sie hatte anderes vor: Sie wollte mich ficken.

Schon hockte sie auf mir und drückte meine Salami in sich hinein. Kondom – Fehlanzeige. Mist. Ich dachte an Silke und bekam kurz Panik, aber Lucy versicherte mir, dass sie die Pille nimmt und diese stets zuverlässig bei ihr wirkt. Na gut, wird schon nichts passieren, beruhigte ich mich und ließ es geschehen.

Ihren roten String-Tanga hatte sie immer noch an, er saß aber nicht mehr richtig, sondern war deutlich verschoben, weil mein Penis ja Platz brauchte. Schamhaare hatte sie keine, Hemmungen auch nicht. Wild und geil ritt sie genüsslich auf mir, bis ich nicht mehr konnte.

„Ich komme gleich!", stöhnte ich und bereitete mich auf den Orgasmus vor. Lucy beendete ihren Ritt auf der Stelle und blieb regungslos auf mir sitzen. So kam ich und erlebte einen bombigen Höhepunkt in ihr. Ich spürte jede Zuckung und jeden Schuss meiner Röhre deutlich. Ein geiles Gefühl!

Jetzt wollte ich der Lucy ebenfalls dieses schöne Gefühl schenken und begann sie zu lecken. Ihre Schamlippen waren weich und zart, ihr Kitzler hart und fest. Lucy drückte meinen Kopf immer tiefer in ihren Schoß und hechelte wie eine läufige Hündin. Nach nicht mehr als 4 Minuten stieß sie lange, laute Schreie aus.

Sie signalisierte mir so, dass sie das oberste Ende der Fahnenstange erreicht hatte. „Junge, Du kannst aber gut lecken!", lobte sie mich und schnaufte aus. Da lagen wir beide, ich 31, sie 18. Beide befriedigt. Ich fühlte mich wie 20 und Gott in Frankreich. Ich streichelte zart ihren mädchenhaften Körper und hörte immer wieder ihr Seufzen.

So lagen wir da. 10 Minuten, 20 Minuten, kein Ton und kein Wort. Plötzlich spürte ich ihre Hand erneut an meinem Penis. „Jetzt blase ich Dir einen", versprach sie mir und kniete sich seitlich neben mich. Ich ließ sie machen und freute mich auf einen Blowjob der Superlative. Ihre rechte Hand umfasste meinen Penis sanft und führte ihn zum Mund, der erstklassig arbeitete. Tiefe, langsame Züge, dann tiefe, schnelle.

Ich schenkte diesem Teenie-Luder all meine Aufmerksamkeit und wollte unbedingt zusehen, wie ich kam, doch kurz bevor es soweit war, legte sie sich seitlich über meinen Oberkörper und verdeckte mir die Sicht auf mehr. Ich spürte meine Eier jubilieren und kündigte ihr den Höhepunkt an. Mit ihrer rechten Hand vollendete sie ihr Werk kräftig und zügig. Ich krampfte zusammen und spürte meinen Bauch extrem zucken. Ihr kleiner Körper hob und senkte sich mit meinen Kontraktionen.

Als sie sich nach beendigter Arbeit zu mir drehte, erkannte ich sie kaum wieder: ihr Gesicht war spermaüberflutet! Geil! Genüsslich leckte sie sich mein Vitamin F in den Mund und lächelte mich süß und verträumt an. Ich schwebte auf Wolke 7. Die Nacht schliefen wir gut und fest, sie bei mir im Bett, aber auf ihrer Seite.

Am nächsten Morgen sollte mich der Wecker um 8 Uhr aus den Federn blasen, aber stattdessen tat dies Lucy um 7. Ich wurde wach und spürte etwas Warmes und Nasses an mir: Es war Lucys Mund. Sie lag zu meinen Füßen und blies mir genüsslich einen hoch. Ich warf meine Müdigkeit beiseite und spielte mit.

Nun war ich an der Reihe und leckte ihre saftige, kahle Pussy geil. Ich wollte sie unbedingt in der Missionarsstellung rammeln und tat dies volle Pulle! Sie lag da, hübsch und breitbeinig, und nahm meine harten Stöße gut und professionell.

Nach 5 Minuten Stellungswechsel. Diesmal Löffelchen. Seitlich von hinten stieß ich ihn ihr hinein, zuerst in Luke 1, die übliche, dann in Luke 2, die ihr auch gut gefiel. Zum Schluss noch mal Reiten. Das konnte sie ja verdammt gut. Elegant nahm sie auf meinem erregten Becken Platz, aber diesmal verkehrt herum, also mit ihrem Rücken zu mir, und begann, mich ins Reich der sexuellen Erfüllung zu entführen.

Ihre Pobacken sausten immer wieder hinab und bereiteten mir Gefühle der vollkommenen Lust. Sie kam laut und intensiv. Ihre Bewegungen wurden langsamer, aber intensiver, ihre Scheide verengte sich fast ums Doppelte und übte nun einen wahnsinnigen Druck um meinen Schwanz aus, dem dieser nicht standhalten konnte. Ich kam ebenso laut und intensiv.

1 Stunde später waren wir auf dem Weg ins TV-Studio. Dort angekommen, gab es erst einmal eine Menge Ärger, da der regionale Projektleiter noch nicht da war. „Verschlafen", war seine Ausrede, als er 30 Minuten zu spät eintrudelte. Ich machte Rabatz und Radau und war sehr erzürnt. Um 17 Uhr war alles geschafft und Lucy und ich saßen im Auto und befanden uns auf dem Rückweg nach München.

„Es war ein tolles Erlebnis mit Dir", grinste mich Lucy an und drückte mir ein Bussi auf die Backe, „aber vorbei ist es noch nicht ..." Mit diesen Worten beugte sie sich in meinen Schoß und öffnete meinen Hosenstall. Was soll das, dachte ich, wir sitzen hier im Auto und ich düse mit 220 km/h auf der Überholspur – was hat sie vor?

Bevor ich den Gedanken zu Ende denken konnte, hatte sie ihn auch schon in der Hand. „Was machst Du da?", fragte ich sie aufgeregt. „Konzentrier Dich und fahr", säuselte sie, „ich werde Dich ein bisschen verwöhnen." Mit diesen Worten stopfte sie ihr Mündchen mit meinem Schwanz. Sie blies mir einen im Auto auf der Autobahn. Wie riskant! Wie geil!

Langsam lutschte sie meine Banane frisch und bekam Lust auf mehr. Ich auch. Der nächste Parkplatz war der unsere. Im Affentempo bog ich raus und blieb stehen. Zum Glück war kaum etwas los, nur 2 Autos standen da doof rum. Wir kletterten behände auf die Rückbank und legten los. Lucy unten, ich oben. Geschickt fickte ich sie, bis ich laut stöhnend in ihr kam.

Lucy rubbelte dabei ihre Klitoris ziemlich wild und bebte ein paar Sekunden nach mir zu ihrem Höhepunkt. Als wir fertig waren, klopfte es wild an unsere Scheibe. Ich schrak hoch und blickte einer älteren Dame in die Augen. Die fuchtelte wild um sich und blökte mich blöd an. Auf dieses Geschnatter hatte ich keine Lust. Ich zog mir die Hose hoch, sprang nach vorne und ließ sie im Auspuff stehen. Als wir wieder fuhren, grinsten Lucy und ich uns an und begannen furchtbar zu lachen.

„So etwas Peinliches habe ich lange nicht erlebt!", prustete ich los. „Ach was", lächelte Lucy, „das war witzig! Die Alte schaute wie ein Bahnhof und hätte uns wohl am liebsten umgebracht." „Die weiß halt nicht mehr, was guter Sex ist", grinste ich und küsste Lucy schnell und zielsicher auf den Mund.

Eine halbe Stunde vor München wurde die Lucy wieder wach. Sie hatte 2 Stunden geschlafen und sich vom Parkplatz-Sex erholt. Verführerisch schaute sie mich an: „Hast Du Lust auf ein letztes Mal?" Was für eine blöde Frage: Natürlich hatte ich Lust! Also los! Erneut beugte sie sich in meinen Schoß und holte meinen halbsteifen Dong hervor. Mit Engelshänden und Teufelszunge stimulierte sie ihn vollsteif.

Noch bevor ich auf den nächsten Parkplatz fahren konnte, überschritt ich den point of no return und kam in Lucys Mund. Lucy war überrascht von meiner Ladung und zuckte, dann schluckte sie tief. Ich kam und baute fast einen Unfall dabei. Der Orgasmus war so stark, dass ich auf dem Gas blieb und um ein Haar einen Audi vor mir rammte, der nur mit 170 km/h überholte.

Zum Glück ist nichts passiert. Ich schaute nach unten und Lucy nach oben. Mein Sperma befand sich nicht nur in ihrem Mund, sondern auch an ihren Lippen, an ihrer Nase und an ihrer Wange. Geil! Eine halbe Stunde später war das Abenteuer Lucy vorbei.

Ich brachte sie nach Hause und versprach ihr, dass sie jederzeit wiederkommen könne für ein weiteres Praktikum. Sie versprach mir Sex, wann immer ich möchte. „Ruf mich einfach an, wenn Du Lust und Zeit hast, dann gehöre ich Dir, okay?" Das war ein Wort … und ein Versprechen, das wert war, in meinem Kopf zu bleiben.

Mary; Iris

Es war ein Arbeitstrip nach Kopenhagen. 1 Woche Show-Vorbereitung stand auf meinem Programm. Kopenhagen war der Austragungsort einer großen dänischen TV-Show, vergleichbar mit unserem „Wetten Dass?". Namhafte internationale Superstars waren angekündigt, es sollte ein Megaspektakel werden. Wurde es auch. Auch für mich.

Bereits am ersten Arbeitstag fanden Proben statt. Da fiel mir Mary auf, eine dänische Brünette, die als Background-Tänzerin ihre gute Kohle verdiente. Ich beobachtete sie – sie gefiel mir: Mit Stöckel 1,75 m groß, lange, braune Haare, fast bis zum Po, supersexy Figur, ein Strahlen wie Julia Roberts, nach mir rufende Möpse. Für mich stand fest: Die muss ich haben!

In der Pause suchte ich sie auf und sprach sie an. Mary konnte gut Deutsch und wir unterhielten uns nett ein paar Minuten, bis es weiter ging. Mary war offen und zeigte Interesse an mir, daher fragte ich sie bei nächster Gelegenheit, ob sie am Abend etwas vorhabe. „No", antwortete sie, „hast Du einen Vorschlag?" „Du könntest mir ein bisschen was von Kopenhagen zeigen", schlug ich ihr vor. „Okay, und wann hast Du Zeit?" „Ab 18 Uhr." „Prima, ich warte auf Dich."

Schön, ein Date! Und so einfach ergattert. Und mit so einer Hübschen! Ich freute mich auf den Abend und zog bereitwillig mit Mary los. Besonders schön ist die Hafengegend. Tolle Gebäude, schicke Bars und Restaurants liegen dort eng aneinander. Mary führte mich zu ihrem Lieblingsrestaurant, einem Spanier, wir bestellten Filete de ternera und köpften eine Flasche edlen Rotwein dazu. Vorzüglich war alles, auch die Konversation mit Mary. Ich erfuhr, dass sie 26 Jahre alt war und Musicaldarstellerin studiert hatte.

„Tanzen ist mein Leben. Ich habe schon in vielen nationalen Produktionen mitgespielt, auch in zahlreichen internationalen, und will das so lange machen, bis ich merke, dass ich zu alt für die Tanzbühne bin. Dann will ich choreografieren." Ich erzählte ihr von meinem Job als TV-Produzent und von meinem Traum, eines Tages der Big Boss der Firma zu sein.

Nach dem 90-Euro-Essen, das ich zahlen durfte, ging es weiter. Wir schlenderten durch die Straßen und hielten an einem großen Haus. Mary öffnete die Tür und ging einfach hinein. Wohin führte sie mich? Was hatte sie vor? Hoch in den 6. Stock, dann öffnete sie erneut eine Tür – es war ihre Wohnungstür. „Das ist mein Reich!", präsentierte sie mir stolz.

Marys Bude war groß, geräumig und schön eingerichtet. Teure Designermöbel, edle Wandleuchten, eine Luxusküche – dieses Mädel musste echt gut verdienen mit ihrem Getanze. Ich sollte mich aufs Sofa setzen und bekam ein Bier in die Hand gedrückt. Ich war sehr gespannt, wie forsch sie rangehen würde, doch sie ließ sich Zeit. Smalltalk. Foto-Show. Sie zeigte mir auf dem Laptop Bilder ihres Bühnenlebens.

„Hier, das hier war vor 3 Jahren, da war ich in Amerika unterwegs mit einer Rock´n´ Roll Show … das ist König der Löwen … hier war ich Sarah in Tanz der Vampire …" Schöne Fotos, sie hatte echt viel erlebt und geleistet. Plötzlich rutschte ein Bild auf den Bildschirm, das sie mir wohl so nicht zeigen wollte: Ein selbstgemachtes Oben-ohne-Portrait. Schnell klickte sie weiter, doch meine Männlichkeit war geweckt. „Moment mal, was war da gerade für ein Bild?", fragte ich aufgeregt.

„Noch mal zurück!" „Welches Bild?", staunte sie mich harmlos und mit Stirnrunzeln an. „Na, das Oben-ohne-Bild!" „Ach so", meinte sie, „das war eigentlich nicht für Dich gedacht, aber wenn Du es sowieso schon gesehen hast, dann spielt es ja keine Rolle mehr." Bereitwillig klickte sie zurück und ich sah ihre schönen Titten.

„Sehr schön, verdammt sexy", lobte ich ihre dänischen Möpse und starrte weiter gebannt auf das Foto. Sie stand im Badezimmer vor dem Spiegel, Kamera in der linken Hand und drückte dabei auf den Auslöser. „Ich war einfach mal so in der Laune, da dachte ich …", erklärte sie mir dieses versaute und gleichzeitig verführerische Bild.

„Du bist eine sehr schöne Frau", fuhr ich ihr ins Wort und blickte ihr tief in die Augen. Ich beugte mich zu ihr und küsste sie zärtlich auf den Mund. Sie ließ es sich gefallen und wehrte sich nicht. Gut. Weiter. Ich küsste sie immer intensiver, bis sie mitknutschte und mir ihre Zunge in den Hals steckte.

„Ich dachte schon, Du unternimmst gar nichts mehr", hauchte Mary mir ins Ohr und zog mich ins Schlafzimmer. „Du hast mir doch absichtlich das Nacktbild von Dir untergejubelt, um mich geil zu machen, oder?" Mary grinste mich an, das war Antwort genug. Marys Körper war bildschön: Ihre Brüste standen jung und frisch, ihr Bauch war straff und gut trainiert, ebenso ihr Po.

Ihre Hände weihten mich nun ins Land der dänischen Zärtlichkeiten ein. Ich lag nackt auf dem Bett und genoss, wie sie vor mir kniete und meinen Penis steif wichste. Dann machte sie mit dem Mund weiter. Zärtlich blies sie mich. Zu zärtlich, ich spürte nur ganz sanft ihre Lippen, es war eindeutig zu wenig Druck dahinter, um mich zum Orgasmus zu bringen.

Trotzdem genoss ich ihre Mundarbeit und den Anblick ihres geilen Körpers. Endlich zog sie mir ein Kondom über und nahm auf mir Platz. Nun war schon für mehr Druck gesorgt, denn sie war schön eng und konnte zudem verdammt gut reiten. Rodeo-Style bevorzugte sie. Wild und leidenschaftlich sauste sie auf mir auf und ab und verwöhnte unsere beiden Körper einfach genial.

Jetzt durfte ich. Ich wollte sie Doggy nehmen, was sie mir genehmigte. Von hinten stieß ich echt hart zu und nagelte ihr die Pussy wund. Über 15 Minuten hielt ich durch, bis ich es kommen spürte. Gewaltig war mein Orgasmus, gewaltig war auch ihrer, den sie pünktlich zu meinem erlebte. „Cool, cool, cool!", stöhnte sie wild und zitterte am ganzen Arsch. Ich ließ von ihr ab und entsorgte mein gefülltes Kondom im Müll.

„Mein guter Ficker", lächelte sie mich an und schloss mich in ihre Arme. „Das war sehr guter Sex", freute sie sich. „Wenn Du willst, kannst Du über Nacht bleiben." Ich hatte zwar nichts bei mir, keine Zahnbürste, keinen Schlafanzug, keinen Rasierer, aber so ein Angebot konnte ich unmöglich ablehnen. Also schliefen wir nackt.

Naja, von Schlafen konnte erst mal nicht die Rede sein, denn Mary fing nach kurzer Pause schon wieder an, an mir herumzuspielen. „Dein deutscher Schwanz gefällt mir", lächelte sie mich an und nahm ihn in den Mund, doch leider saugte sie erneut mit zu wenig Druck. Ich spürte fast nichts, außer etwas warmes Nasses.

Ich hoffte auf Besserung, doch anders konnte sie es wohl nicht bringen. „Mach es doch mal mit der Hand", forderte ich sie zum Stellungswechsel auf. „Okay", antwortete sie und legte sich neben mich. Ihre rechte Hand war deutlich besser als ihr Mund, der Grip enger und stärker, ihre Bewegungen zügiger und orgasmusförderlich.

Während sie mir schön einen runterholte, küsste sie zärtlich meinen Oberkörper und meinen Hals. Da bin ich sehr empfindlich. Schön! Zwischendurch wollte sie wieder mit dem Mund ran, aber ich hielt sie zurück und signalisierte ihr, dass sie einfach so weitermachen soll.

Mein Blick fiel auf ihre blitzblanke dänische Muschi, die mich anfunkelte, doch als ich meine Hand nach ihr ausstreckte und zur Tat schreiten wollte, wichste sie mich über die Kante und bescherte mir einen Megaorgasmus. Mein Sperma sauste heraus und spritzte über meinen Kopf hinweg an die Wand hinter mir. Die dritte Ladung spritzte nicht mehr so weit, nur noch in mein Gesicht, dann auf meine Brust, auf meinen Bauch, dann war es auch schon beendet.

„Cool, heftig!", grinste Mary zufrieden mit ihrer Leistung. „Spritzen alle deutschen Männer so krass wie Du?" „Weiß nicht", gab ich zurück, „aber das lag auch an Dir, Du hast es super gemacht!" „Danke", freute sich die kleine Maus. „Dafür belohne ich Dich jetzt", kündigte ich ihr an. „Leg Dich hin." Sie winkelte ihre Beine an und wartete darauf, von mir verwöhnt zu werden. Mit Hand oder Mund, überlegte ich. Na, mit beidem!

Zuerst streichelten meine Hände ihren großen Kitzler, der noch größer dadurch wurde, dann spielte meine Zunge auf ihren Schamlippen die Tonleiter auf und ab. „Cool, cool, cool!", stöhnte Mary wieder und räkelte sich sinnlich auf dem Bett. „Leck mich auch drinnen", wünschte sie sich von ganzem Herzen.

Warte ab, Mädel, dachte ich, wenn ich jetzt gleich mit meiner speziellen Leck-Technik loslege, dann drehst Du total durch. Als ich meine in ihre beheizte Röhre steckte, nach oben gegen die Scheidenwand drückte, die kreisenden Bewegungen ausführte und dabei noch ihre Klitoris mit meinen Fingern massierte, waren bei ihr alle Dämme gebrochen.

Ich gab Gas und merkte, dass sie jeden Moment die Ziellinie überqueren wird. „Cool!", stöhnte sie laut ab und ließ sich gehen. Sie zuckte wie ein Affe unter Strom, ihr Körper hob fast ab, sie erlebte Weihnachten und Ostern an einem Tag. Als sie fertig war und ich aufhören wollte, drängte sie mich dazu, weiterzumachen.

„Weiter, ich will noch mal kommen, es ist so cool!" Gerne. Nur 3 Minuten später erfüllte sie ihr Versprechen und bebte erneut zu einem scheppernden Orgasmus. Ihre Pussy war ohnehin schon wund vom Fick, jetzt war sie es erst recht. Erschöpft ließ sie sich fallen und küsste mich am Hals. „Das war hammercool!", lechzte sie mir ins Ohr, davon will ich morgen mehr. So schliefen wir ein.

Der nächste Tag verging schnell und sehnsüchtig. Mary und ich warfen uns immer wieder heiße Blicke zu und freuten uns auf den Sex ab Abend. Nach erledigter Arbeit marschierten wir direkt zu ihr und legten los. Sie lag da mit angewinkelten Beinen und ich versuchte, die Schallmauer zu durchficken.

Sehr animalisch ging es zur Sache, bis ich kam und laut stöhnend auf ihr zusammenbrach. Ich konnte mein Becken und meine Oberarme kaum noch spüren, so anstrengend war dieser Fick für mich gewesen. „Ich bin zweimal gekommen", stöhnte mich Mary erschöpft, aber glücklich an. Echt? Das hatte ich in der Aufregung gar nicht gemerkt.

Mein Bauch meldete sich zu Wort. Hunger! Ich trug Mary mein Bedürfnis vor, doch anstatt eine Kleinigkeit zu kochen, wollte sie schick ausgehen. Na gut. Wir zogen uns an und ließen uns diesmal mexikanisch verwöhnen. Das Essen mundete meinem Magen, eine hübsche Blondine am Nebentisch meinen Augen. Die kenne ich doch, dachte ich und überlegte. Immer wieder blickte ich rüber und starrte sie an. Sie hatte mich längst bemerkt und lächelte zurück. Wer war sie, verdammt noch mal? Ich kam einfach nicht drauf. Mist!

Mary flirtete am Tisch heftig mit mir und fußelte mir fast die Beine weg. Am liebsten hätte sie mich direkt auf dem Buffettisch genommen. Wir zahlten und verließen das Restaurant. Noch einmal drehte ich mich zu dieser heißen Blondine um und schenkte ihr mein verführerischstes Macholächeln.

Mary war unglaublich heiß auf mich und zog sich sofort aus, als wir in ihrer Wohnung angekommen waren. Dann mich. Sie drückte mich aufs Bett und verwöhnte mich oral. So ein Mist, das kann die nicht, dachte ich und ließ ihr ungeschicktes Nichtkönnen über mich ergehen, 10 Minuten lang, dann reichte es mir. „Komm, ich ficke Dich", beendete ich das peinliche Schauspiel und organisierte mir ein Kondom. Ihre haarfreie Muschi war bereit und willig, meinen Penis komplett in sich aufzunehmen.

In der Missionarsstellung nagelte ich sie verdammt hart, bis ich meinen Orgasmus anrollen spürte. Ich zog meinen Schwanz aus der Tropfsteinhöhle und riss mir den Kautschukregenmantel runter, dann kam es mir auch schon. Mary griff blitzschnell nach meinem Penis und wichste mein Sperma auf ihren Körper. Die ersten Spritzer waren mächtig und prallten an der Wand ab, die nächsten landeten in ihrem Gesicht, dann auf ihre Brüste und ihren Bauch. So schlecht sie blasen konnte, so gut wichste sie zum Glück.

Nun durfte auch sie nicht zu kurz kommen. Ich befahl ihr, sich auf den Bauch zu legen und ihre Beine weit zu spreizen. Zärtlich begann ich, ihre Füße zu lecken und nahm jeden ihrer 10 Zehen einzeln in den Mund. Dann arbeitete ich mich hoch bis zum Feuchtgebiet. Nach ein paar Beißspielchen war nun ihre Pussy dran. Von hinten leckte ich sie und tauchte mit meiner Zunge tief in ihren Spalt ein. Meine edle Nase schloss dabei Bekanntschaft mit ihrem Anus, der überraschend gut duftete. Welch ein Glück!

Mary stöhnte wild, als ich meine Twister-Technik einsetzte und sie innerhalb von wenigen Minuten mit dem Orgasmus erlöste. Dabei bebte ihr Becken, sie drückte mir den Po nun voll ins Gesicht, die Hälfte meiner Nase befand sich in ihrem Hintern. Da roch es schon etwas intensiver. Schnell wieder raus.

Dankbar umarmte Mary mich mit ihrem „Cool, cool, cool!"-Slogan und knutschte mir mein Schmalz aus dem Hirn. Wir sahen noch etwas fern, bevor wir einschliefen. Schon am nächsten Morgen auf dem Weg zur Arbeit musste ich immer an eines denken: An diese hübsche Blondine vom Restaurant. Wer war sie? Eine halbe Stunde später, die Proben liefen auf Hochtouren, wusste ich die Antwort:

Sie war eine Tänzerin des Haupt-Show-Acts. Da war sie wieder! Ich sah sie auf der Bühne tanzen, singen und strahlen. Wow! Ich musste mit ihr ins Gespräch kommen. Am Nachmittag konnte ich dann ihre Bekanntschaft machen. Ich fand sie im Backstage-Bereich mit einer Zigarette in der Hand. „Hey, hier ist Rauchen verboten!", rief ich ihr mit zwinkerndem Auge zu. Sie blickte auf, erkannte mich sofort und strahlte zurück: „Ach, Du bist das! Gestern im Restaurant, erinnerst Du Dich? Ich habe mich den ganzen Abend gefragt, woher ich Dich kenne, jetzt weiß ich es."

„Dito", antwortete ich. „Wie geht es Dir?" „Danke, gut, und Dir?" „Mir auch, jetzt, wo ich Dich wiedergefunden habe." Ich erfuhr mehr von ihr: Iris war ihr Name, 22, Profitänzerin aus Hamburg. „Ist schon geil, bei so einem Spektakel dabei zu sein", konnte sie ihr Glück kaum fassen, „das ist die größte Produktion für mich bisher." Ich lobte sie und versprach ihr eine tolle Karriere: „Du bist jung, hübsch und tanzt toll. Und Du hast einen unglaublichen Sexappeal, das musst Du ausnutzen. Glaub mir, so kannst Du es zum Star schaffen."

„Heißt das, dass ich mit allen Produzenten in die Kiste muss, um Erfolg zu haben?", fragte sie kritisch. „Nein, nur mit mir", schoss ich frech zurück. Wir lachten. „Keine Sorge, war nur ein Scherz", verharmloste ich meine Intentionen, woraufhin sie verstohlen meinte: „Schade." „Wie bitte?", fragte ich nach. „Was hast Du gesagt?" „Nichts", lächelte sie verlegen. Weitere Versuche von mir, sie ihr sündiges Geständnis wiederholen zu lassen, blieben erfolglos.

Was nun, fragte ich mich. Will sie mich oder will sie mich nicht? Mary hatte ich sicher, aber Iris reizte mich ungemein. Ich beschloss, aufs Ganze zu gehen. „Hast Du am Abend schon was vor?" „Wieso?" „Einfach so", antwortete ich, „wir könnten zusammen etwas unternehmen, was essen oder trinken gehen oder so."

„Solange Du nicht ehrlich sagst, was Du heute Abend mit mir vorhast, erhältst Du keine Antwort", grinste sie mich an. „Wie meinst Du das?", fragte ich nach. „Komm schon, etwas essen oder trinken willst du mit mir sicher nicht, oder? Sei ehrlich, was willst Du mit mir machen?"

Okay, wenn sie es so direkt will: „Ficken." „Na bitte, es geht doch", lächelte sie schelmisch, „dann sag es doch gleich und mach keine 5 Bögen." „Und wie lautet Deine Antwort?" Die war kurz und knapp: „Okay, let´s go!"

Moment Mal, so schnell geht das nicht. Was soll ich mit Mary machen? Absagen. „Wir treffen uns in 20 Minuten draußen, einverstanden?", schlug ich Iris vor, die ihren Segen gab: „Gut, dann kann ich noch eine rauchen." Ich rannte wie ein Verrückter durch die Halle und suchte Mary, die ich nahe der Umkleide fand. „Ich kann heute Abend nicht", erklärte ich ihr, „ich habe noch einen wichtigen Termin." Traurig nickte sie und drückte mich. „Morgen wieder", beruhigte ich sie und versprach ihr tollen Sex, was ihr Gesicht wieder aufhellen ließ. Zu Iris.

Iris war gehbereit. „Zu mir oder zu Dir?" „Zu Dir", antwortete sie und folgte mir. Mein Hotel lag nur 5 Minuten Fußweg. Angekommen in meinem Zimmer, bat ich sie um eine Dusche: „Ich hüpfe noch unter die Brause, dann bin ich bei Dir." „Ich bin auch verschwitzt vom Tanzen. Hast Du was dagegen, wenn ich mitkomme?" „Im Gegenteil", strahlte ich und zeigte auf die Badezimmertür. „Ladies first", spielte ich den Butler von England und ließ sie eintreten. Iris zog sich ihren Tanzpulli, dann ihr Top aus, zum Vorschein kam ein rose-farbener Sport-BH. Auch der fiel.

Sensationell schöne Brüste hatte sie, Gott persönlich hatte dieses Paar gemeißelt. Nun war ihre Jogginghose dran, zum Vorschein kam ein rose-farbener String. Auch der fiel. Was für eine niedliche Pussy! Ein kleines, rundes Büschel brauner Schamhaare bedeckte ihre Klitoris, sonst war alles kahl rasiert. Hopps, stand sie unter der Dusche und genoss das frische Nass.

Ich stand da und staunte. „Los, komm schon!", rief sie mir freudig entgegen. In Sekundenschnelle war ich nackig und stand neben ihr unter der Brause. Doch geduscht wurde kaum, es wurde geknutscht. Iris war geil auf mich und legte los wie die Polizei: Körperinspektion. Ihre Hände waren überall. Ich konnte kaum mithalten, das Tempo, das sie ging, war oberaffengeil. Knutschen, streicheln, Penis stimulieren, Körper an Körper reiben, Brustwarzen saugen. Ich musste mich zusammenreißen, nicht gleich vor Lust ohnmächtig zu werden.

Also machte ich mit: Ich knetete ihre schönen Körbe und machte erste Bekanntschaft mit ihrem Venushügel. Abtrocknen, eincremen, Sex – das waren die nächsten Punkte. Die ersten beiden waren unspektakulär, aber was dann folgte, war der Wahnsinn. Iris war im Bett eine Granate. Sie dominierte mich nach allen Regeln der Fickkunst. Reiten in allen Variationen und Stellungen, dazu kannte sie alle möglichen Tricks, ihre Muschi ruckartig zu verengen und mich somit bis zum Limit zu reizen.

Wenige Sekunden später explodierte ich und erlebte einen der bis dato heftigsten Orgasmen, den ich je hatte. Ich kam wie ein Wahnsinniger. Mein Körper zuckte und warf Iris fast von mir ab, doch sie ließ sich nicht beirren und ritt in Trance weiter, bis ich mich fallen ließ und ausruhte. Ich bekam nicht mit, dass sie kurz nach mir ihren Orgasmus erlebte, zu fertig war ich. Es war der Ritt des Jahrtausends!

Glücklich nahm ich die Maus in meine Arme und lobte sie für ihre Glanzleistung. „Und, machst Du mich jetzt berühmt?", fragte sie mit glänzenden Augen. „Ich werde es versuchen", versprach ich ihr und schlief glücklich ein. Am nächsten Morgen wurde ich mit ihrer Muschi in meinem Gesicht wach. Zuerst erschrak ich, dann kapierte ich: Sie war dabei, mir einen zu blasen. In der 69er-Position war sie auf mir und stimulierte meinen interessierten Helden mit ihren Lippen. Das gefiel mir. Ihre Pussy hing in meinem Gesicht und wollte geleckt werden.

Zärtlich fing ich an, ihre Schamlippen zu säubern und widmete mich dann ihrem Lustknopf. Iris stöhnte auf, als ich ihre Klitoris berührte und daran spielte. Schließlich leckte ich sie immer wilder, bis sie kreischend ihren Höhepunkt erreichte. Just in dem Moment überschritt ich das letzte Hindernis und spritzte meine Ladung ab. Als es vorbei war, drehte sich Iris zu mir um: Ihr Gesicht war voll von meinem Sperma. Wie süß!

Sie sah so engellike, so mädchenhaft, so sündig aus. Von dieser tollen Schlampe musste ich mehr haben! Wir verabredeten uns für den späteren Abend und ich verließ das Hotel, um meinen Probenzeitplan einzuhalten. Die Proben liefen gut, die Zeit verging wie im Flug und schon bald war es Abend. Mein Plan war, den frühen Abend mit Mary zu genießen, den späten mit Iris. Zum Glück spielten beide Frau mit.

Mit Mary verschwand ich gegen 18 Uhr, doch Lust auf Essen hatte ich nicht. Ich hatte Lust auf Sex. Also zu ihr. Mary zögerte keine Sekunde und nahm meinen Dong gierig in ihren Mund. Nun begann sie wieder, so komisch zu blasen, dass sich bei mir kaum etwas tat. Ich aktivierte Plan B und übernahm die Initiative. Mary sollte sich aufs Bett legen. Ich leckte ihre Pussy zum Orgasmus, dann fickte ich sie Doggy Style, bis ich kam. Das reichte mir dann. Ich erzählte ihr von einem Geschäftsessen und dass ich leider weg muss. Sie küsste mich zum Abschied auf den Mund.

Dieser Mund küsste 20 Minuten später Iris. Iris umarmte mich überschwänglich und war sexy gekleidet. In Hot Pants und hautengem Shirt verführte sie mich. Ein Strip, ein Lick, ein Fick. Sie strippte göttlich, ich leckte sie zu 2 Orgasmen, dann fickte sie mich in der Reiterstellung bis zum spritzigen Ende. Kurz vorm Einschlafen bat ich sie, mir eine Massage zu geben. Soft cremte sie mich von oben bis unten ein und kümmerte sich in letzter Instanz um meinen Long Dong, den sie mit einem sehr happy ending erlöste. Sie wichste so gut, dass mein Sperma in hohem Bogen herausgeschossen kam und sich auf dem ganzen Bett verteilte.

Die letzten beiden Tage in Kopenhagen waren anstrengend, es wurde hektisch, da die Generalprobe nicht optimal lief. Überstunden. Ich sagte beiden Mädels für den Abend ab und verblieb bis 2 Uhr nachts mit dem Team in der Halle, um sämtliche Lichteinstellungen neu zu belegen. Sonntag war Show-Tag. Gott sei Dank funktionierte alles wie es sein sollte, und um 23 Uhr lagen sich alle Beteiligten glücklich in den Armen. Ich hatte noch eine Übernachtung in Kopenhagen und konnte mich nur für einen scharfen Zahn entscheiden.

Die letzte Nacht gehörte Iris. Mary dankte ich für die schöne Zeit und vergaß sie. Iris schenkte mir zum Abschluss Ficken im Stehen und am frühen Morgen einen Abschieds-Blowjob vom Allerfeinsten. Ich versprach ihr, mich für sie einzusetzen und sie weiterzuempfehlen. Wir tauschten unsere Kontaktdaten aus und ich flog zurück nach München.

Raliza

Es war ein Arbeitstag wie jeder andere, bis es an die Tür klopfte. „Herein!", rief ich und tippte fleißig und hochkonzentriert den Satz zu Ende, bevor ich aufblickte und in ein Gesicht sah, das ich kannte. Das konnte doch unmöglich ... nein, das gibt es nicht ... oder doch? „Das gibt's doch nicht!", schoss es aus der feschen Dame heraus. „Du?" „Raliza?"

„Ja!", juchzte sie und sprang mir in die Arme. Das gab es wirklich nicht: Sie war es tatsächlich! Raliza, meine erste Liebe. Wir waren beide damals 14 gewesen und sie war das erste Mädchen, mit dem ich echten Sex hatte. Aus dem hübschen Mädchen war eine bildhübsche Frau geworden. Rali war ebenfalls im TV-Geschäft tätig und arbeitete für eine kleinere Produktionsfirma in Freiburg, mit der wir einen Deal eingefädelt hatten.

Begeistert über dieses ungeplante, aber freudige Wiedersehen unterhielten wir uns erst einmal über uns: „Und, wie geht es Dir?", fragte ich sie. „Wie ging es damals bei Dir weiter?" „Da ist viel passiert", stöhnte Raliza und legte ihren Mantel ab. Ich habe mit 19 geheiratet, mit 20 eine Tochter bekommen und mich mit 21 scheiden lassen, habe dann Journalismus studiert und war 2 Jahre in Kanada, wo ich als Model arbeitete. Nun bin ich seit 2 Jahren in der Firma in Freiburg, dort wohne ich auch, ist eine schöne Stadt, die wärmste Deutschlands."

Mir wurde auch warm. Sie sah nämlich bezaubernd aus und verstand es gut, mit mir zu flirten. „Und Deine Tochter ist bei Dir?" „Nein, bei ihrem Vater, der ist ein Taugenichts und hat genügend Zeit, sich um die Kleine zu kümmern. Ich sehe sie alle 4 Wochen." Naja. „Und Du?"

„Ich bin schon seit ewigen Zeiten hier und habe mich zum Vize hochgearbeitet, bin verantwortlich für die TV-Shows, TV-Projekte und andere wichtige Arbeiten, die anfallen", protzte ich. „Und privat? Bist Du verheiratet? Hast Du Kinder?" „Ja und ja", antwortete ich ehrlich und zeigte Raliza ein Foto von meiner Frau und meinem Sohn. „Oh, ist der niedlich!", grinste sie. „Du bist sicher ein ganz toller Papa."

„Das will ich meinen", bestätigte ich ihre Vermutung, „der Kleine ist mein Ein und Alles!" „Der ist genauso hübsch wie sein Vater", lächelte sie mich verstohlen an. Ich lächelte zurück. Wir verstanden uns auf Anhieb so gut wie früher. Raliza hatte sich auch von ihrer Art her nicht verändert, sie war so süß und niedlich wie eh und je. „Ich freue mich auf eine tolle Zusammenarbeit!" „Ich auch!", strahlte Raliza und gab mir ein Bussi auf die Backe.

„Stell Dir vor, wen ich heute wieder getroffen habe", versetzte ich meine Frau Andrea in besondere Spannung. Ein paar Versuche hatte sie, doch sie landete keinen Treffer. „Meine erste Freundin!", schoss es aus mir heraus. Damals war ich 14 und sie war das erste Mädel in meinem Leben. Sie arbeitet für eine Produktionsfirma in Freiburg und ist jetzt ein paar Tage bei uns, weil wir ein Gemeinschaftsprojekt mit denen organisiert haben. Was für ein Zufall, oder?"

Ich eilte in unser Schlafzimmer und kramte in meinen alten Fotoalben herum. „Hier, schau mal, das ist sie!" Andrea schaute sich interessiert die Bilder an: „Ein hübsches Mädel. Wie lange wart ihr zusammen?" „Nicht lang, ein paar Monate nur, ihre Eltern hatten was dagegen und verboten uns den Kontakt. Wir waren in derselben Klasse und hatten uns ineinander verliebt, doch es war nur von kurzer Dauer."

„Und jetzt ist sie hier?", fragte Andrea nach. „Ja", antwortete ich, „6 Tage." „Bring sie doch mal mit zum Abendessen." Ich stutzte. „Meinst Du wirklich?" „Klar, warum nicht", meinte Andrea lässig und ohne erkennbare Hintergedanken, „ist doch nett. Ich habe damit kein Problem, das ist schließlich Jahre her, weit vor unserer Zeit. Oder willst Du das nicht?" „Warum eigentlich nicht? Gerne. Ich frage sie, ob sie Lust hat."

Am nächsten Tag: Gesagt, gefragt. Rali war etwas überrascht, sagte dann aber schnell zu. Am Abend fuhren wir nach erledigter Arbeit zu uns nach Hause, Andrea hatte lecker gekocht und auch John Paul war noch wach. Raliza war nett und höflich und der Abend einfach nur schön. Andrea verstand sich gut mit ihr – zum Glück. Ich hatte schon Sorgen, dass es Andrea zu viel werden würde, mit einer Ex von mir am Tisch zu sitzen und zu plaudern. Aber meine Frau ist halt die Beste!

Als Raliza weg war, sprach Andrea in höchsten Tönen von ihr: „Die ist wirklich supernett, ich mag sie. Tut mir nur leid wegen ihrer Tochter und der kaputten Ehe, aber die Schicksale des Lebens lassen sich leider nie vorbestimmen." Glücklich schliefen wir nach heißem Sex Arm in Arm ein.

Am nächsten Tag traf ich Raliza im Büro wieder. Mein Gott, war sie sexy: In hautenger Jeans und Brüste optimiertem Top begrüßte sie mich mit herzlicher Umarmung und startete überaus fröhlich in den Arbeitstag. „Du hast aber eine hübsche Ehefrau, und eine so nette", lobte sie mich voller Anerkennung. „Und dann erst der Kleine, so süß, genau der Papa." Sie flirtete schon wieder mit mir, das konnte sie verdammt gut.

Beim Mittagessen ging sie in die Offensive: „Kannst Du Dich noch erinnern, als wir beide so verliebt ineinander waren und so glücklich zusammen? Das war eine geile Zeit." „Ich war damals so aufgeregt, Du warst meine erste Frau, es war unglaublich schön mit Dir, die ersten sexuellen Erfahrungen, der erste richtige Sex …", schwelgte ich in Erinnerungen.

Raliza rückte an mich heran. „Hättest Du nicht Lust, es noch mal mit mir zu machen?", fragte sie mich gierig und voller Leidenschaft. „Du … äh … ich bin verheiratet", stotterte ich. „Ich weiß", antwortete Raliza frech, „aber ist das wirklich ein Hindernis?" Ich blickte ihr tief in die Augen: „Nein." „Gut, wo das geregelt ist, schlage ich bei mir im Hotel vor. Einverstanden?" „Heute nach der Arbeit?" „Okay."

Die Sache war gebongt. Ich freute mich wie ein kleines Kind auf Raliza uncensored und den Comeback-Fick nach all den Jahren mit der ersten Frau, die ich je hatte. Geil! Endlich geschafft! Punkt 16 Uhr, das von mir bewusst verfrüht bestimmte Arbeitsende. Aufgeregt wie ein Schuljunge packte ich meine 7 Sachen und wir fuhren zum Hilton, Ralizas Bleibe für die Tage. Angekommen im Zimmer, überkam es uns und wir legten los wie die Feuerwehr.

Ralis Küsse schmeckten so frisch wie damals, ihr Mund war so süß, ihre Lippen zart und feucht. Ich küsste fleißig mit und brachte auch die Zunge ins Spiel. Dieses Spiel gefiel Raliza sehr, die unter Beweis stellte, dass sie eine wahre Zungenakrobatin geworden ist.

Die Küsse wurden intensiver, die Hände starteten mit der Entkleidungsarbeit. Wir zogen uns gegenseitig aus. Was ich sah, gefiel mir ungemein: Ralizas Körper war wunderschön, ihre Brüste genauso niedlich und geil wie damals, nur größer, ihre Rundungen genauso zart wie damals, nur weiblicher, ihre Pussy blitzeblank rasiert.

Noch bevor ich meine Gedanken sammeln oder sortieren konnte, kniete sie vor mir und hatte mein Glied im Mund. Sie blies verdammt gut! Sie hatte ihre langen, schwarzen Haare wie früher zu einem Schwanz zusammengebunden und lutschte meinen Schwanz gnadenlos und zielstrebig ins Paradies. Schon nach 3 Minuten spürte ich meine Eier jucken und spritzte ihr meinen Saft in den Hals.

Professionell schluckte sie alles und strahlte mich an. „Damals hast Du nicht geschluckt und ich durfte auch nicht in Deinen Mund kommen", stellte ich mit einem Augenzwinkern fest. „Tja, damals war ich erst 14, aber man entwickelt sich ja weiter", grinste sie. „Hat es Dir gefallen?" „Und wie!", lächelte ich. „Du kannst verdammt gut blasen!"

Nun wollte ich mich revanchieren und ihre Pussy verwöhnen. „Leg Dich hin und schließ Deine Augen", kommandierte ich sie aufs Bett. Gespannt krabbelte Raliza in Position und spreizte ihre Beine: „Darauf freue ich mich schon seit vorgestern", grinste sie verdorben und schloss ihre Augen. Ich begann, ihren wunderschönen Venushügel zu küssen und konzentrierte mich auf ihre Klitoris, die genauso gut schmeckte wie eh und je.

Vorsichtig knabberte ich herum und kümmerte mich auch um die Schamlippen, die vor Erregung zitterten. Dann gab ich Gas: Mit meiner besonderen Leck-Technik brachte ich Raliza in wenigen Minuten zum Orgasmus. Als sie kam, drehte sie wahrlich durch, ihr Becken explodierte und ihre Schreie waren lauter als die von King Kong.

„Wahnsinn! Du kannst geil lecken! Noch nie hat mich ein Mann so geil oral befriedigt!" Sie strahlte und zog mich zu sich in den Arm. „Damals war schon geil, aber jetzt erst!" Ich hatte Lust auf mehr und begann, sie zärtlich zu streicheln. Raliza stöhnte und ihre Hände waren unterwegs zur Schublade.

Sekunden später hielt sie mir ein Kondom vor die Nase. „Lust?"
„Und wie!", grinste ich und ließ sie kurz steif blasen. Kondom drüber, fertig. Und nun rein damit! Raliza wollte mich reiten und tat dies im wahrsten Sinne des Wortes. Ihre Muschi war eng und warm und verschlang meine Salami komplett.

Es fühlte sich so schön an wie damals. Ich hatte meine Augen geschlossen und sah die 14-jährige Rali auf mir reiten. Geil! Dann öffnete ich meine Augen und sah die Rali im Hier und Jetzt auf mir reiten. Dieser Anblick war zu viel für mich: Ich kam! Mein Becken bebte und warf sie fast ab. Raliza hatte die Situation aber schnell im Griff und ritt beherzt weiter, bis sie wenige Sekunden später ebenfalls ihren Höhepunkt erlebte. Erschöpft stieg sie von mir herab und entsorgte mein Kondom im Müll.

Sexy stolzierte sie auf mich zu und kam in meinen Arm gekrochen. „Der Sex mit Dir ist unglaublich schön", strahlte sie mich an und küsste mich, „es ist so vertraut, so schön mit Dir, es ist so wie damals, als ob kein Tag vergangen wäre." Dem konnte ich nur zustimmen. „Meinst Du, wir können die wenigen Tage, die wir haben, voll auskosten?"

„Ich weiß nicht", holte ich sie in die Realität zurück, „ich muss schauen, wie ich das hinbekomme." „Dir fällt schon was ein", drängte sie mich. „Naja, alles hat Grenzen, es darf auf keinen Fall meine Ehe gefährden." Trickser, wie ich bin, gelang es mir natürlich, Andrea zu täuschen und schlug so täglich bis zu 2 Bonusstunden für mich und Raliza heraus.

Unser nächstes Treffen sah als Highlight eine wunderschöne zärtliche Massage, die wir uns gegenseitig gaben. Nach wildem Sex mit beidseitigem Höhepunkt liebkoste ich ihren Körper mit duftender Creme und widmete mich schließlich ihrer Klitoris. Die rubbelte ich so lange, bis sie mir ihren Orgasmus ankündigte. Schnell noch ein bisschen gezüngelt, dann kam sie auch schon.

„Ah! Ah!", schrie sie und zuckte wie vom Blitz getroffen. „Ah! Ah!" Dann entkrampfte sie und schnaufte nur noch laut. „So, jetzt verwöhne ich Dich", lächelte sie und begann, mich mit viel Creme und ihren zarten Händen zu massieren. Es war göttlich.

Raliza streichelte zuerst meinen Rücken und knetete mir sämtliche Verspannungen weg, dann kümmerte sie sich um meine Beine und massierte meine Waden. Das tat gut. Nun war mein Po an der Reihe. „Dein Allerwertester ist noch genauso knackig wie damals", lobte sie meine 4 Buchstaben. Zärtlich beschäftigte sie sich nicht nur mit beiden Backen, auch mit der Ritze und dem, was darunter lag. Ich spürte ihre Hände an meinen Eiern, sie kraulte diese und machte mich so verdammt heiß.

„Umdrehen bitte!" Jetzt widmete Raliza sich voller Leidenschaft meinem Oberkörper, meiner Brust, die sie sanft streichelte, dann glitt sie tiefer über meinen Bauch bis zur Peniswurzel. Mein Dong stand schon längst senkrecht wie der Eifelturm und wartete auf mehr. Raliza nahm noch mal einen kräftigen Schuss Creme aus der Dose und begann, meinen Penis einzureiben.

Ihre flutschigen Finger fühlten sich einfach genial an. Mit unfassbarer Zärtlichkeit und Leidenschaft masturbierte sie mir einen ab. Ich beobachtete sie dabei: Ihr Blick war abwechselnd auf meinen Penis und auf mein Gesicht gerichtet, ihre Brüste wippten mit ihren Bewegungen mit, ihre blanke Pussy war so schön. Ihre rechte Hand wichste schnell und mit etwas weniger Druck um den Schaft, ihre linke Hand eher langsam, aber mit viel Druck. Beides fühlte sich absolut geil an.

Plötzlich erhöhte sie Tempo sowie Intensität. Ich musste kommen. Raliza hatte damit gerechnet und ihr Gesicht direkt über meinen Penis platziert. Augen geschlossen, Mund offen, Zunge an meiner Eichel. So wichste sie mich über den point of no return hinaus zu einem Wahnsinnsorgasmus! Meine Ladungen gingen voll in ihr Gesicht und in ihren Mund. Sie wichste fleißig weiter, bis ich leer war.

Mein Sperma klebte an ihrem Gesicht, sie sah aus wie ein Engel. „Mann, war das geil!", keuchte ich und blieb liegen, während sie kichernd ins Bad marschierte und ihr Gesicht erfrischte. Leider musste ich schnell gehen, um den Abendessentermin mit Andrea und Freunden einzuhalten. Bei unserem dritten Date erwartete mich eine Überraschung: „Sag mal, hast Du schon mal eine Cam mitlaufen lassen?" „Was meinst Du genau?", fragte ich nach. „Na, Sex gefilmt."

„Ja", antwortete ich, „habe ich schon mal gemacht." „Ich auch", grinste Rali, „und es war geil! Danach kann man sich zusammen das Tape ansehen, und das törnt mich dann ziemlich an. Dann mache ich Sachen, die ich sonst nicht machen würde." „Was zum Beispiel?", fragte ich nach. „Willst Du es nicht herausfinden?", war ihre verlockende Gegenfrage. Klar wollte ich, also erklärte ich mich bereit für dieses schändliche Treiben.

Raliza holte eine hochmoderne Cam aus ihrem Koffer und platzierte sie auf den Stuhl, der 2 m vom Bett entfernt war. Sie schaltete am Fernseher einen Musikkanal an und blickte mir tief in die Augen. „Los geht´s!", rief sie und drückte den roten Rekordknopf. Ich saß auf dem Bett und ließ mich überrumpeln.

Sie zog sich Shirt und Jeans aus und kam im schwarzen Tanga auf mich zugekrochen. Dieser Tanga hatte weniger Stoff als ein zehngeteiltes Taschentuch. Sie sah aus wie ein hungriger Tiger, schüttelte ihre Mähne im Raum umher und begann, verdammt sexy zur Musik zu tanzen. Ich lag da und hatte schon einen Steifen. Hoffentlich nimmt die Kamera auch alles gut auf, war mein einziger und wichtigster Gedanke in diesem Moment.

Raliza zog mich bis auf meine blanke Haut aus und begann, mich glücklich zu blasen. Ich zog ihren Unterleib zu mir und stieß meine Zunge in ihr Innerstes. Aus diesem seitlichen Knäuel wurde die 69er-Position. Sie oben, ich unten, ihre Aktivität zur Kamera gerichtet. Geil! Ich schleckte in ihr herum, bis sie so feucht wie ein Bach wurde. Sie ruckte wild auf meinem Gesicht umher und stöhnte ihre Lust in meinen Penis hinein. Ihr Orgasmus war heftig, sie zerdrückte fast mein Gesicht. Als sie fertig war, spürte ich meinen Orgasmus brodeln.

Raliza kannte kein Pardon und blies genüsslich Zug für Zug weiter, bis mein Sperma in ihren Rachen schoss. Den Rest wichste sie mit der Hand raus. „Ui!", rief sie und blickte hoch, was nur bedeuten konnte, dass ich wieder einmal meinem Künstlernamen „Hochspritzer" gerecht wurde.

„Das war geil!", juchzte Raliza und beendete die Aufnahme. „Ja, das war es!", juchzte ich mit. Nach 10-minütigem Kuscheln fragte sie mich voller Inbrunst: „Und, Lust auf Runde 2?" „Was ist Runde 2?" „Ficken! Ficken in allen denkbaren Positionen!"

Diese Antwort half mir bei der Entscheidungsfindung sehr. „Ja, starten wir Runde 2", bestätigte ich und betätigte den Rekorder. „Gib her das Ding", bat mich Raliza, ihr die Cam in die Hand zu drücken. Tat ich. „Wir filmen manuell! Komm, fick mich!", befahl sie mir und öffnete ihre Beine so weit wie möglich. Sie konnte den Spagat. Ich nahm Anlauf und rammte ihn ihr tief rein. Sie filmte meinen Penis, wie er wie eine Maschine immer wieder rein und raus glitt. Dann filmte sie mein Gesicht, dann ihr Gesicht, dann wieder meinen Penis in Action.

Stellungswechsel, Filmer-Wechsel. Sie gab mir das Teil in die Hand und übernahm in der Reiterstellung das Kommando. Elegant-sexy bewegte sie sich auf und ab, und ich filmte, was das Zeug hielt. Ich zoomte ihre blanke Muschi so nah heran, dass ich sie schon fast in der Linse hatte. Ich filmte ihre Brüste, das Szenario im Weitformat und konzentrierte mich auf unsere Becken. Jetzt wollte sie es Doggy Style.

Ich tastete ihren Arsch ab und knetete ihre Pobacken durch, dann spießte ich sie auf. Raliza stöhnte laut und ließ sich durchficken. Sie filmte das Spektakel zuerst von der Seite, dann sich selbst durch die Beine. Ich hörte meine Glocken läuten, so heftig nagelte ich sie.

Nun wollten wir noch ein paar weitere Stellungen ausprobieren. Raliza stellte die Kamera auf den Stuhl zurück und wir machten es im Stehen, dann die Schubkarre und schließlich Rückwärtsreiten. Raliza kam schon in der Schubkarre, ich beim Rückwärtsreiten. Schweißgebadet brachen wir zusammen und ruhten uns aus. „Mann, war das geil!", hechelte sie glücklich und blickte mich befriedigt an. Ich konnte nur noch nicken.

Wie spät war es eigentlich? Mein Gott, die Zeit! Verdammt, sie war uns enteilt, ich musste dringend nach Hause. Hastig zog ich mich an und drückte Raliza einen schnellen Kuss auf den Mund: „Sorry, ich muss dringend weg. Wir schauen uns die geilen Aufnahmen morgen an, okay?" „Okay", küsste sie mich zurück und ich fuhr nach Hause. Andrea ging es nicht gut, sie hatte sich Sorgen gemacht, weil ich auf Handy nicht erreichbar gewesen war: „Schatz, wo warst Du? Ich habe mehrfach versucht, Dich zu erreichen." „Wir hatten noch ein längeres Meeting bezüglich des Kooperationsprojektes.

Das hat sich gezogen und gezogen, ich konnte nicht früher kommen", redete ich mich raus. „Aber in der Firma war keiner mehr", konterte Andrea, „ich habe auch dort mehrfach angerufen, da hieß es, Du wärest schon raus." „Klar war ich das", verteidigte ich mich, „wir waren, wie das bei Geschäftsmeetings üblich ist, zusammen etwas essen. Du weißt, wie das läuft."

„Ja", nickte sie und senkte den Kopf, „ich weiß. Ich habe mir halt Sorgen gemacht." „Warum?", fragte ich nach. „Na, ausgerechnet die Tage, wo die Raliza da ist, kommst Du abends immer so spät nach Hause. Da könnte man meinen ..." „Was?", fauchte ich sie mit einer tiefen Zornesfalte auf meiner Stirn an. „Ich arbeite hier wie ein Wahnsinniger, und Du unterstellst mir eine Affäre, oder was?!", polterte ich weiter.

„Das ist doch wirklich die Höhe!" Ich knallte die Tür zu und warf mich, angekleidet wie ich war, aufs Bett. Andrea kam hinterher geschlichen und versuchte sich zu entschuldigen, aber in solchen Fällen muss man hart durchgreifen und ihr den Zahn ziehen. „Lass mich in Ruhe! Das hat mich sehr gekränkt und ich will jetzt allein sein!", zürnte ich sie an. Mit Tränen in den Augen verließ Andrea zitternd das Zimmer und schloss die Tür vorsichtig hinter sich.

Puh, das ist gerade noch mal gut gegangen, dachte ich und schämte mich dafür, Andrea belogen zu haben. Aber was hätte ich sonst tun oder ihr sagen sollen? Die Wahrheit? Ihre Vermutung bestätigen? Nein, ich bin doch nicht wahnsinnig oder lebensmüde. Lieber auf stur schalten und sie leiden lassen. So kommt sie wieder zur Vernunft.

Ich blieb hart und schlief auf meiner Seite, Andrea auf der anderen. Kein Gute-Nacht-Kuss, kein Reden, kein Sex. So erzieht man Frauen. Mir war dennoch klar, dass ich nicht mehr zu Raliza gehen konnte, außerdem waren die 6 Tage sowieso fast rum.

Am nächsten Morgen erklärte ich Raliza die Situation und schlug vor, das Tape bei mir im Büro anzusehen. „Kein Problem, ich habe die Cam dabei", grinste sie und zeigte auf ihre Handtasche. In der Mittagspause zogen wir uns in meine heiligen 4 Wände zurück, ich schloss ab und wir stöpselten die Cam in meinen privaten Laptop ein.

„Ich muss die Aufnahmen erst mal auf Festplatte ziehen, dann können wir sie über den Media Player anschauen", erklärte ich ihr. Die Überspielzeit nutzten wir mit einem Blowjob auf dem Chefsessel. Raliza kniete sich vor mich und saugte durch meinen geöffneten Hosenstall meinen Penis steif. Nach 15 Minuten konnte ich nicht anders als kommen.

Das Sperma durfte unter keinen Umständen an meiner eleganten Hose hängen bleiben, also schluckte sie alles. Ich kam stark und musste mich mit dem Stöhnen zurückhalten, schließlich waren wir auf Arbeit. Eine halbe Stunde hatten wir noch, diese nutzten wir mit der Betrachtung des Sex-Videos. Wir mussten leider lautlos schauen, sonst hätten wir uns verraten, aber das, was wir sahen, machte uns so rattenscharf, dass wir es nebenher miteinander trieben.

Die Mitschnitte waren genial: Zuerst ihr sexy Tanz, dann die 69er-Position. Es sah so geil aus, wie sie auf mir lag und mir einen blies, wie sie sich schüttelte, als sie kam, und dann mein Orgasmus, wie mein Sperma hoch hinaus schoss und sie hinterher blickte und schön weiter wichste. Das war der erste Teil. Rali saß derweil auf meinem Schoß und ritt mich sanft.

Dann kam der zweite Teil: Raliza und ich ficken in allen denkbaren Positionen. Sie sah so verdammt sexy aus auf dem Video, und ich so cool. Am besten gefiel mir der manuell gefilmte Teil, als ich sie beim Reiten filmte und sie uns durch ihre Beine hindurch in der Doggy-Style-Stellung. Ich wurde immer geiler und spürte meinen Orgasmus brodeln. Raliza ritt nun schneller und krampfte ihre Hände tief in meine Oberschenkel. Sie bibberte und biss sich auf die Lippe, also war auch sie am Kommen. Es war einfach nur geil!

Wir arbeiteten den Arbeitstag ganz normal zu Ende und sahen uns am nächsten Vormittag noch mal schnell, dann machte sie sich auf den Weg zurück nach Freiburg. Ich versprach ihr, in Kontakt zu bleiben und dass wir dies bei nächstbester Gelegenheit wiederholen würden.

Silke Pt. II

Die Drogenmaus von damals, die ich geschwängert hatte. Sie rief mich im Büro an. „Hallo, hier ist Silke. Wie geht es Dir?" Ich war überrascht und suchte nach Worten: „Danke, gut, wie geht es Dir?" „Man lebt", antwortete sie mit lebloser Stimme. „Ich brauch Deinen Rat", bat sie mich um ein Treffen am Nachmittag. „Aber nicht im Büro, es wäre nicht klug, wenn Du hier hereinspazierst nach der Sache", meinte ich im ernsthaften Ton, „wir können uns in einem Bistro treffen." So kam es auch.

Ich erkannte sie kaum wieder. Silke war nicht mehr die hübsche, attraktive, dynamische Frau, die ich noch vor Augen hatte, sie war abgemagert und fahl, wirkte wie ein Zombie und hatte jeglichen Reiz verloren. Ich war schockiert: „Was ist mit Dir passiert?" „Weißt Du, seit dem Vorfall geht es bergab mit mir", jammerte sie. „Diese Drogengesichte hat mein Leben zerstört. Geld habe ich ja, meine Eltern sind reich, ich müsste nie mehr arbeiten, aber Geld allein ist nicht alles.

Beruflich habe ich nichts mehr auf die Reihe gebracht. In jeder Firma hielt ich es nicht länger als 3 Monate aus, dann fühlte ich mich unwohl und kündigte noch in der Probezeit. Ich schwöre Dir, ich habe niemals Drogen genommen, der Rausschmiss damals war alles andere als fair, ich hatte mit diesen Drogen nichts am Hut!" „Ich glaube Dir", beruhigte ich Silke, „aber wie kann ich Dir helfen?"

„Ich wollte Dich einfach wiedersehen, ich habe in den letzten Monaten oft an Dich denken müssen, an unsere schöne Zeit und daran, wie glücklich wir waren", lächelte sie mich an. „Wie wäre es weitergegangen, hätten wir das Kind bekommen …" „Hör auf, solche Sachen zu sagen", ermahnte ich sie, „das ist Vergangenheit. Lass uns über die Abtreibung bitte nicht mehr sprechen, ja?" Silke begann zu weinen. Ich tröstete sie und bestellte ein weiteres Bier für sie.

„Ich bin total verstört, kein Mann hält es lange mit mir aus, ich denke oft an Selbstmord", gestand sie mir, was in mir die Alarmglocken laut läuten ließ. „Pass auf, Selbstmord machst Du nicht, das ist sinnlos und dumm.

Wir müssen Dich wieder hinbekommen. Säufst Du oder nimmst Du Tabletten?" „Ja und ja." „Also, als erstes musst Du zum Arzt und Dir professionelle Hilfe holen", riet ich ihr, „ich kenne einen guten, den kontaktiere ich für Dich." „Ok", nickte Silke kopfhängend. „Was machst Du sonst den ganzen Tag?" „Nicht viel. Ich schlafe aus, gehe in den Reitstall, dann nach Hause, lege mich hin, ich bin ausgebrannt und fertig. Mir fehlt es an Freude im Leben."

„Dann musst Du zum Psychologen gehen. So kannst Du unmöglich weitermachen, das endet noch schlimm." „Kannst Du mir nicht helfen? Ich vertraue Dir – kannst Du mein Psychologe sein?", fragte sie mit großen Augen. „Nein", antwortete ich, „ich bin kein Psychologe. Du brauchst jemanden, der das professionell macht. Gut gemeinte Ratschläge sind hier zu wenig." Silke ließ den Kopf fallen und begann wieder zu weinen. Ich konnte sie unmöglich alleine zurücklassen, zu groß war meine menschliche Verantwortung in dieser heiklen Situation.

Ich rief Andrea an und erzählte ihr kurz und knapp von der schlimmer Notlage: „Ich kann meine ehemalige Angestellte unmöglich alleine hier zurücklassen, ich werde sie ins Krankenhaus bringen und mich um sie kümmern, bis sie in guten Händen ist." Andrea verstand und wünschte mir viel Kraft für den Abend. „Komm, wir fahren ins Krankenhaus", schlug ich Silke vor und zahlte die Getränke. „Na gut, wenn Du meinst", seufzte sie und zog sich ihr Jäckchen über.

Die Ärzte im Krankenhaus waren keineswegs begeistert von Silkes Zustand. Bei der Untersuchung wurde ein schlechter Allgemeinzustand festgestellt, der aufpeppende Infusionen notwendig machte. Sie blieb über Nacht im Krankenhaus. Ich kam alle nach Hause und erzählte Andrea die volle Geschichte: „Kannst Du Dich erinnern? Das war die, die plötzlich mit Drogen bei uns erwischt wurde.

Bis heute ist nicht geklärt, ob sie die wirklich konsumiert hat, ob es ein dämlicher Streich oder eine fiese Racheaktion von irgendjemandem war, aber diese Sache hat ihr Leben ruiniert. Du hättest sie sehen sollen: Abgemagert, fahl, bleich, gebrechlich und kaputt sah sie aus. Sie ist jetzt im Krankenhaus und bleibt erst mal dort.

Die haben ihr Blut abgenommen, die Ergebnisse liegen morgen vor. Hoffentlich ist es nicht allzu schlimm. Sie ist immerhin meine ehemalige Kollegin, das geht mir schon nahe."

„Was glaubst Du, hat sie wirklich etwas mit den Drogen zu tun gehabt?", fragte mich Andrea. „Ich weiß es nicht", antwortete ich, „vielleicht, vielleicht auch nicht." So schliefen wir ein. Am nächsten Tag erhielt ich einen Anruf aus dem Hospital. Es war Silke: „Du, die Blutwerte sind da. Zum Glück ist alles nicht ganz so schlimm. Ein paar Mängel, auch ein paar gravierende, aber die können mit Infusionen und Vitaminen ausgeglichen werden.

Danke für Deine Hilfe! Ich bin so froh, dass wir uns getroffen haben. Ich wusste, dass Du die Lösung meiner Probleme bist." „Sachte, sachte", ruderte ich ihre Euphorie zurück, „ich bin nicht die Lösung Deiner Probleme. Deine Probleme musst Du selber in den Griff bekommen. Die Ärzte helfen Dir jetzt, danach musst Du zum Psychologen. Versprich mir, dass Du da auch hingehst." Sie versprach es.

„Kommst Du heute nach der Arbeit noch schnell vorbei? Ich werde noch ein paar Tage im Krankenhaus bleiben, ist besser für den Genesungsprozess." „Heute klappt es wirklich nicht, ich habe am Abend einen wichtigen privaten Termin, aber morgen komme ich vorbei, okay?" Sie freute sich und ich wünschte ihr eine gute Besserung. Ich begleitete Silkes Genesungsphase und schaute alle 2 Tage kurz im Krankenhaus vorbei.

Ihr ging es von Mal zu Mal besser und sie erfreute sich wieder ihres Lebens. Auch Andrea war über den Aufwärtstrend meiner ehemaligen Kollegin froh und stolz auf mich und meine gute Tat. 2 Wochen später hatte Silke ihre Zeit im Krankenhausbett abgelegen und wurde nach Hause entlassen. Sie rief mich sofort an und wollte mir persönlich mit einem selbstgekochten Menü danken.

Ich sagte zu und informierte Andrea, die mir sofort ihren Segen gab. Silke sah echt gut aus. Sie hatte sich in den 14 Regenerationstagen äußerlich fast vollständig erholt, wieder einige Kilos an den richtigen Stellen zugenommen und Farbe gewonnen. Ihre Küche dampfte wild. Silke hatte alle Kochplatten belegt und rührte eifrig weiter.

„Gut siehst Du aus", lobte ich sie und überreichte ihr einen Strauß bunter Blumen. „Die sollen für einen schönen Neuanfang bei Dir stehen." „Danke", sagte sie, umarmte mich und küsste mich auf den Mund. Für einen Moment war ich perplex. Damit hatte ich nicht gerechnet. Was also tun? Naja, der Kuss gefiel mir, also hielt ich hin und ließ es geschehen.

„Setz Dich und mach es Dir gemütlich, ich bin gleich mit Gang 1 bei Dir", strahlte sie und deutete auf den extravagant dekorierten Esstisch im Wohnzimmer. Gesetzt, serviert. Es gab Salat. Der war köstlich. Dann Suppe. Die war auch toll. Als Hauptgang Hähnchenfleisch mit Reis, dazu Currysoße mit Ananasstückchen. Lecker! Ich war voll wie Otto van Dick, doch der Nachtisch kam noch: Eine selbstgebackene Erdbeertorte! Köstlich! Die ließ ich mir munden und musste den obersten Knopf meiner Jeans öffnen, sonst wäre dieser an die Wand geschnellt.

Silke strahlte und setzte sich zu mir auf den Schoß: „Danke dafür, dass Du mir neues Leben eingehaucht hast. Danke, dass Du mir geholfen hast. Danke, dass Du mich gerettet hast. Danke, dass Du für mich da warst. Danke!" Sie küsste mich auf den Mund. Ich küsste mit. „Bitte schlaf mit mir", flüsterte sie mir gierig ins Ohr. Ich hatte keine andere Wahl. Sie zu enttäuschen könnte einen Rückfall nach sich ziehen, dieses Risiko konnte ich unter keinen Umständen eingehen.

Also opferte ich mich auf. Ich trug sie ins Schlafzimmer und zog sie langsam, aber sicher aus. Silkes Körper war schön, aber noch deutlich in Mitleidenschaft gezogen von all den Strapazen. Ich küsste ihre Brüste, ihren Bauch und ihren Venushügel. Ihr Schamhaarstrich wies mir den Weg zur Lusthöhle, die ich zu füllen beabsichtigte.

Schnell war auch ich nackt und ließ mich gerne von ihr küssen und streicheln. Sie küsste und streichelte so gut wie damals. In der 69er-Position, sie oben, ich unten, bereiteten wir den Hauptakt vor. Ich zog mir ein Kondom über – zum Glück hatte sie welche da, denn schwanger sollte sie nicht noch einmal werden – und drang in ihre saftige Pussy ein.

Silke stöhnte wild und genoss meine Nähe und meine Stöße sehr. Ich erhöhte das Tempo und brachte sie zu ihrem ersten Orgasmus des Abends.

„Komm, ich möchte es Dir so zu Ende machen", fummelte sie an meinem Kondom herum und zog es mir in einem Ruck ab. Ihre linke Hand griff zu und begann zu wichsen. Gleichzeitig leckte sie an meiner Eichel, bis ich explodierte. Ich spritzte kräftig ab und ihre Zunge verteilte meinen Samen im Umkreis von 4 qm im Raum. Es war geil!

Nach einer halben Stunde wiederholten wir das Spektakel. Wieder die 69er-Position, sie oben, ich unten, dann Poppen in der Missionarsstellung und Rodeo Style, bis sie kam, dann Wichsen mit Zunge bis zu meinem happy ending. Silke strahlte mich an und küsste mich gierig: „Danke, dass Du mir wieder Leben eingehaucht hast, Du bist mein Held!" Wir kuschelten noch kurz, dann zog ich mich an und fuhr nach Hause.

Der Abend mit Silke war schön gewesen, schöner als erwartet, aber ich wusste, ich konnte dieses Spiel nicht lange spielen. 1 Woche später besuchte ich sie erneut, aber ich sagte ihr gleich, dass ich nur 1 Stunde Zeit habe. Die nutzten wir allerdings bis aufs Äußerste. Sex in allen denkbaren Positionen mit spritzigem Abschluss in ihrem Arsch. Das war gut, denn der ist ziemlich eng.

2 Wochen später war ich nochmal und gleichzeitig zum letzten Mal bei ihr. Nach dem Sex schenkte ich ihr ehrlichen Wein ein und meinte, sie solle sich bitte keine Hoffnungen machen mit uns, ich sei nämlich nicht in sie verliebt. Etwas traurig entgegnete sie: „Ja, das dachte ich mir schon. Es war halt nur ein Feuer … aber ein schönes." Wir verabschiedeten uns und ich fuhr von Dannen. Was aus ihr geworden ist, weiß ich nicht.

Buch-Tipps vom Womanizer

The Womanizer
Ich, der Fremdgeher 1
Die Abenteuer des Womanizers

Sex, Erotik, Liebe, Lust & Leidenschaft – dies ist die spannende Geschichte, die Autobiografie des Womanizers, eines Mannes, der seinem Leben keine Grenzen setzt und sich alle sexuellen Wünsche und Träume erfüllt.

Obwohl er glücklich in einer Beziehung mit seiner Freundin Andrea ist, die er auch wirklich liebt, gönnt er sich alle Freiheiten, um das zu genießen, wovon andere Männer nur träumen. Er erlebt fantastische Abenteuer ebenso wie böse Reinfälle, heiße Affären, Sex mit 3 Frauen gleichzeitig, Erpressung, Glück und Leid in Beziehung und One Night Stands.

Erfahren Sie mehr über den Mann hinter der geheimnisvollen Womanizer-Maske und sein Leben. Fantasien werden Wirklichkeit, Wünsche wahr. „Ich, der Fremdgeher 1" ist ein hochexplosives und spannendes Werk, das den Leser fesselt, anregt und erregt. 63 Kapitel voller Sex, Lust und Leidenschaft. 200 Seiten pure Erotik.

Doch auch Schuld und Moral spielen eine Rolle. Immer wieder hinterfragt er sein schändliches Treiben und will seiner Freundin treu bleiben, doch die Lust ist zu groß und die weiblichen Reize sind zu stark ... und so stürzt er sich in das nächste Abenteuer. Ein Buch, über das Sie noch lange sprechen werden!

ISBN 978-3-8423-2186-1
Books on Demand

Buch-Tipps vom Womanizer

The Womanizer
Ich, der Fremdgeher 2
Neue Abenteuer des Womanizers

Dies ist Teil 2, die prickelnde Fortsetzung der spannenden Le-
bensgeschichte des Womanizers, eines Mannes, der seinem Da-
sein keinerlei Grenzen setzt und sich all seine sexuellen Wünsche und Träume erfüllt.

Obwohl er mittlerweile glücklich verheiratet und stolzer Vater
eines Sohnes ist, gönnt er sich die Freiheiten, um das zu genießen, wovon andere Männer nur träumen. Er erlebt fantastische
Abenteuer ebenso wie böse Reinfälle, heiße Affären, Glück und
Leid in Beziehung und One Night Stands.

Erfahren Sie alles über den Mann hinter der Womanizer-Maske
und sein geniales Leben. Fantasien werden Wirklichkeit, Wünsche wahr. „Ich, der Fremdgeher 2" ist ein explosives und reizvolles Werk, das den Leser fesselt, anregt und erregt. 35 Kapitel
voller Sex, Liebe und Leidenschaft, 200 Seiten pure Erotik, das
ist die fantastische Welt des Womanizers.

Doch auch Schuld und Moral spielen eine Rolle. Immer wieder
hinterfragt er sein Treiben und will seiner Ehefrau Andrea treu
bleiben, doch die Lust ist zu groß und die weiblichen Reize sind
zu stark ... und so stürzt er sich in das nächste Abenteuer.

Die fantastische Fortsetzung von „Ich, der Fremdgeher 1". Ein
Buch, das Sie nicht mehr loslassen wird, denn tief in Ihnen stecken auch der Trieb, die Lust und die Gier auf Erfüllung all Ihrer sexuellen Wünsche und Fantasien.

ISBN 978-3-8448-7446-4
Books on Demand

Buch-Tipps vom Womanizer

The Womanizer
Ich, der Fremdgeher 3
Die letzten Geheimnisse des Womanizers

Dies ist Teil 3 der spannenden Biografie über das einzigartige Leben und Wirken des Womanizers, eines Mannes, der sich, trotz hübscher Ehefrau und zweier wundervoller Kinder, außertourlich all seine sexuellen Wünsche und Träume erfüllt. Dabei erlebt er das, wovon andere Männer nur träumen.

Diesmal: Sex mit den blutjungen Animateurinnen Grit & Hanna, krasse Abenteuer in der Glory Hole Bar, eine heiße Romanze mit PR-Marketing-Lady Ella, der fantastische Vierer mit den US-Girls Chloe, Madison und Stella, Kindermädchen Magdalena auf Extratour, Erotikmassagen der göttlichen Luisa, Jugenderinnerungen an Raliza, Techtelmechtel mit Praktikantin Aiko, Reinfall mit Frauke, Oh Julia, Andreas geheime Kiste, Ü-50erin Sabrina, Playboy-Lifestyle mit den Hostessen Torrie und Whitney, die scharfe Kerstin, und vieles mehr.

„Ich, der Fremdgeher 3" ist ein explosives und reizvolles Werk, das den Leser fesselt, anregt und erregt. 34 Kapitel voller Sex, Liebe und Leidenschaft, 200 Seiten pure Erotik, das ist die extravagante Welt des Womanizers.

Die geile Fortsetzung von „Ich, der Fremdgeher 1 & 2". Ein Buch, das Sie nicht mehr loslassen wird, denn tief in Ihnen stecken auch der Trieb, die Lust und die Gier auf Erfüllung all Ihrer sexuellen Fantasien.

ISBN 978-3-7460-1524-8
Books on Demand

Buch-Tipps vom Womanizer

The Womanizer
Ich, der Fremdgeher 4
Kostbare Perlen des Womanizers

Mein Leben ist ein Traum! Attraktiv, gesund, glücklich verheiratet, Vater zweier wundervoller Kids, erfolgreicher Businessmann, Top-Verdiener, dazu Dauergast in Betten hübscher Ladies. Das bin ich, der Womanizer!

In meiner Bestseller-Biografie „Ich, der Fremdgeher" haben Sie in den Teilen 1-3 alles über mich, mein Leben, meine Fantasien und meine Taten erfahren. Mein Wirken auf der Überholspur ist grandios. Alle Männer wären gerne wie ich. Über 1.500 Frauen habe ich im Bett gehabt, und es werden immer noch mehr. Ich weiß, mit welchen Tricks ich geile Frauen um den Finger wickeln muss, um von ihnen das zu bekommen, was ich möchte: Sex! Und genauso weiß ich, mit welchen Schlichen ich das alles meiner Gattin Andrea verheimlichen kann.

Für Band 4 habe ich in meiner Schatzkiste gegraben und präsentiere kostbare Perlen des Womanizers: Bezaubernde Damen, mit denen ich heiße Stunden, Tage oder mehr erlebt habe. Von meinen wilden 20ern bis jetzt Anfang 40 habe ich eine knisternde Auswahl zusammengestellt, die Lust auf mehr macht.

Möge mein Lebensstil Sie beflügeln, Ihnen Mut schenken, Sie anspornen, es mir gleich zu tun. Denn Frauen sind dazu da, gevögelt zu werden und den Mann sexuell glücklich zu machen. Nutzen Sie Ihren Schwanz und geben Sie ihm das, was er nun mal braucht: eine hübsche Lady nach der anderen! Ich wünsche Ihnen viel Lese-Spaß mit meinen kostbarsten Perlen, von geilen One Night Stands bis hin zu Sex mit 3 girls on fire. Und vieles, vieles mehr!

ISBN 978-3-7481-4685-8
Books on Demand

Buch-Tipps vom Womanizer

The Womanizer
Ich, der Fremdgeher 5
Heroische Erlebnisse des Womanizers

Heroische Erlebnisse sind es, die ich Ihnen diesmal präsentiere. Dies ist der 5. Band meiner Reihe „Ich, der Fremdgeher". Und immer noch gibt es spannendes Neues zu berichten, der Stoff geht mir nie aus. Wetten sind etwas Geiles, denn mit ihnen kann man Frauen gewinnen und gefügig machen. Auch MILF (Mothers I´d like to fuck) sind etwas Besonderes, da sie meist doppelt hot sind auf ein sündhaftes Abenteuer. Diese beiden Themen bilden den Schwerpunkt dieses Werkes.

Ich bin der legendäre Womanizer. Ach, was habe ich schon gevögelt in meinem Leben! Über 1.500 Ladies sind es bisher, und es werden weiter mehr. Die 2.000 sind knackbar! Und auf welche schönen Momente ich zurückblicken kann: Viele Highlights davon haben Sie bereits gelesen, andere erfahren Sie nun.

Trotz hübscher Gattin und glücklichem Vatersein ist Leben für mich mehr als Familie: Leben ist für mich SEX! Abenteuer! Lust! Trieb! Leidenschaft und Liebe! One Night Stands! Spaß haben und alles mitnehmen, was geht. Bereut habe ich bisher nichts. Ich lebe das Leben, das ich liebe. Auf der Überholspur, in den Betten hübscher Frauen.

In diesem 200-Seiter machen wir eine Zeitreise vom jungen bis hin zum heutigen Womanizer. Ich schenke Ihnen heißeste Sex-Abenteuer und echt heroische Erlebnisse meiner Person, die Sie noch nicht kennen, aber nach dem Lesen nicht mehr missen wollen. Tanken Sie Mut und versuchen Sie mir nachzueifern, denn das Leben kann so verdammt geil und schön sein!

ISBN 978-3-7494-1985-2
Books on Demand

Buch-Tipps vom *Womanizer*

The Womanizer
Ich, der Fremdgeher 6
Das Ende des Womanizers?

Ist dies das Ende des Womanizers? Tja, meine lieben Freunde der Sonne, vielleicht ist das wirklich der letzte Vorhang, der für mich fällt. Meine geliebte Gattin Andrea hat ein „Ehe-Break" gefordert. Sie braucht eine Auszeit, sagt sie, von mir. Aber nicht von dem schönen Haus, das ich gekauft habe. Auch nicht von dem guten Geld, das ich ihr jeden Monat überweise.

Hat sie mich beim Fremdficken erwischt? Nein. Warum dann dieser krasse Schritt von ihr? Keine Ahnung. Frauen sind einfach unberechenbar! Ich muss ausziehen und schwebe in der beschissenen Ungewissheit, ob und wie es mit uns weitergeht. Die armen Kinder! Hat Andrea einen neuen Stecher oder Geldgeber? Geht sie etwa mir fremd? Ich werde es herausfinden.

Gleichzeitig aber lebe ich mein Womanizer-Leben weiter. Jetzt erst recht! Ich poppe Immobilienmaklerin Heidi, gewinne die sexy Fitness-Polizistin Cornelia, verliebe mich in Nutte Agnes, erlebe geniale Erotikmassagen, treffe meine Jugendliebe Yasmin nach 20 Jahren wieder, habe geilen Gruppensex mit der 18-jährigen Daphne und ihren Busenfreundinnen, kämpfe mit der skrupellosen Laetitia um meine Firma, finde in meiner Angestellten Susanna eine heiße Bettgespielin, führe die sexuell blockierte Maren in meine hohe Kunst ein und genieße immer noch eine heiße Affäre mit der geheimnisvollen Tattoo-Frau Jacqueline, kurz Jackie. Ihr seht, langweilig wird mir wirklich nicht.

Aber: Kann ich meine Ehe retten? Wird Andrea ihren Irrsinn beenden? Ich werde alles dafür tun. Drückt mir die Daumen!

ISBN 978-3-7494-3590-6
Books on Demand

Buch-Tipps vom Womanizer

The Womanizer
Sex Bomb
100 Tricks, Frauen ins Bett zu bekommen

DER PLAYBOY TRICK * DER PIANIST TRICK * DER FEUERWEHRMANN
TRICK * DER BABYSITTER TRICK * DER 6 RICHTIGE IM LOTTO TRICK *
DER BILLARD TRICK * DER MAGISCHE ZETTEL TRICK * DER KINO TRICK *
DER HUNDEHALTER TRICK * DER ROTE ROSEN TRICK * DER BARMANN
TRICK * DER ZAUBER TRICK * DER CHEFREDAKTEUR TRICK * DER JUNG-
FRAU TRICK * DER SPIONAGE TRICK * DER SCHLITTSCHUHLÄUFER TRICK
* DER PORNODARSTELLER TRICK * DER MASSEUR TRICK * DER VERFLOS-
SENEN TRICK * DER SCARY MOVIE TRICK * DER BUCHAUTOR TRICK *
DER FUSSBALLSPIELER TRICK * DER BLIND DATE TRICK * DER KOLLEGIN
TRICK * DER FOTOGRAF TRICK * DER GIPS TRICK * DER KONZERT TRICK *
DER WETTE TRICK * DER REPORTER TRICK * DER SAUNA TRICK * DER
KAMASUTRA TRICK * DER CHARLIE SHEEN TRICK * DER SCHLANGEN
TRICK * DER WETTBEWERB TRICK * DER AMATEURPORNO TRICK * DER
RESTAURANT CHEF TRICK * DER GEBURTSTAGSPARTY TRICK * DER UM-
ZIEH TRICK * DER SCHÖNE FRAU TRICK * DER SHOPPING TRICK * DER
CALLBOY TRICK * DER XXL-KONDOM TRICK * DER EBAY TRICK * DER
EBAY DELUXE TRICK * DER BETTENKAUF TRICK * DER POKER TRICK *
DER ANNA TRICK * DER MASKENBALL TRICK * DER EINKAUFS TRICK *
DER EX ONE NIGHT STAND TRICK * DER DJ KUMPEL TRICK * DER POR-
SCHE TRICK * DER BORDELL CASTING TRICK * DER BORDELL CASTING
DELUXE TRICK * DER SEXSHOP TRICK * DER STILLE TRICK * DER E-MAIL
TRICK * DER FACEBOOK PARTY TRICK * DER JOGGER TRICK * DER THER-
MEN TRICK * DER ROBINSON CLUB CAMYUVA TRICK * DER 25 ZENTIME-
TER TRICK * DER SALTO TRICK * DER TRAUM TRICK * DER COACHING
FÜR SINGLES BUCH TRICK * DER 5 DVDS ZUR AUSWAHL TRICK * DER
STRAPSE TRICK * DER MASSAGEKURS TRICK * DER VISITENKARTEN
TRICK * DER WITZE TRICK * DER TAGEBUCH TRICK * DER VIBRATOR
TRICK * DER SPIRITUELLE TRICK * DER TANZ TRICK * DER WELTREKORD
TRICK * DER POLEN TRICK * DER 10 MINUTEN TRICK * DER VERLASSE-
NEN TRICK * DER PFIFFIGE TRICK * DER SCHLAF MIT MIR TRICK * DER
SCHAUSPIELFREUNDIN TRICK * DER GANZKÖRPERMASSAGE TRICK * DER
FLOATING TRICK * DER ZUCKERWATTE TRICK * DER BUTLER TRICK *
DER KÄLTE TRICK * DER PROMIFOTO TRICK * DER STEWARDESS TRICK *
DER RETROSPEKTIVE TRICK * DER KUMPEL TRICK * DER CHEF TRICK *
DER KAJAK TRICK * DER SCHWESTER TRICK * DER WEIHNACHTSMANN
TRICK * DER PUTZFRAU TRICK * DER GESCHENK TRICK * DER SPRICH
MICH AN TRICK * DER SADOMASO TRICK * DER ZAHLEN TRICK * DER
SPEED-DATING TRICK

ISBN 978-3-8448-0574-1
Books on Demand

Buch-Tipps vom *Womanizer*

The Womanizer
Meine heißesten Sex-Abenteuer

The Womanizer präsentiert seine allerheißesten Sex-Abenteuer!
Nach dem Erfolg seiner Bestseller „Ich, der Fremdgeher Band
1-6" ist dies ein weiteres Meisterwerk des Mannes, der schon
über 1.500 Frauen im Bett hatte und als Casanova des 21. Jahrhunderts in die moderneren Geschichtsbücher eingehen wird.

Hier schildert er seine geilsten und heißesten Sex-Erlebnisse der
letzten 10 Jahre seines aufregenden Lebens und Tuns: Barbara,
Teresa, Mary, Iris, Tammy, Rimma, Caro, Lucy, Paula, Jenny,
Gabi, Denise, Raliza, Katja, Angie, Anja, Jana, Celine und Ali-
cia heißen die Damen, die The Womanizer für dieses Best of
ausgewählt hat.

Jedes dieser Abenteuer zählt zu seinen Favourites. Tauchen Sie
ein in die Welt und den Körper des Womanizers und erleben Sie
mit ihm seine heißesten Sex-Abenteuer – live und hautnah, uncensored und geil, prickelnd und erlösend.

Spüren Sie die Zärtlichkeiten, den Sex, die Erotik, die Lust und
die Leidenschaft, die dieses Buch zu einem interaktiven Lesevergnügen machen. The Womanizer wünscht Ihnen viel Freude
mit „Meine heißesten Sex-Abenteuer"!

ISBN 978-3-8448-1952-6
Books on Demand

Buch-Tipps vom Womanizer

The Womanizer
SEXSÜCHTIG!
(M)EINE FRAU IST NICHT GENUG

(M)EINE FRAU IST NICHT GENUG – das ist die Philosophie, das Lebensmotto des Womanizers! Nach seinen vielen Bestseller-Büchern präsentiert der Playboy des 21. Jahrhunderts sein Werk „*SEXSÜCHTIG!*", in dem er die wundervolle Beziehung zu seiner Ehefrau Andrea beschreibt und gleichzeitig über seine geilsten Seitensprünge intimst Auskunft gibt.

Erfahren Sie mehr über den Mann, der schon über 1.500 Frauen im Bett hatte, und seine heißen Sex-Abenteuer mit Isabel, Simone, Carmen, Melly, Sandy, Samira, Michèle, Bianca, Lena, Silke, Lolita und Wendy. Megaerotisch und anregend sind seine Schilderungen von Liebe, Sex und Zärtlichkeit, Lust und Leidenschaft, Gier und Verlangen.

(M)EINE FRAU IST NICHT GENUG – der Drang nach neuen Erfahrungen, nach jungen, schönen Körpern und tabulosen Mädels ist groß. Und die Mädels sind willig. The Womanizer nimmt sie gerne, aber nur die Besten! Und was die so alles können, erfahren Sie in diesem Buch!

ISBN 978-3-8482-0035-1
Books on Demand

Buch-Tipps vom Womanizer

The Womanizer
Sexy!
Memoiren eines Playboys

Tauchen Sie ein in eine Welt voller Lust, Leidenschaft, Sex und Erotik! The Womanizer präsentiert seine Memoiren und berichtet von seinen geilsten Sex-Abenteuern mit blutjungen, bildhübschen 18-jährigen Mädchen bis hin zu 43-jährigen, reifen Damen.

Sie alle sind ihm hilflos verfallen und finden einen Ehrenplatz in diesem Werk, das durch intimste Schilderungen und faszinierende Erlebnisse überzeugt.

„Sexy!" ist ein interaktives Lesevergnügen – der Womanizer erzählt seine Begegnungen hautnah und lebendig, als wären Sie persönlich dabei. Freuen Sie sich auf 24 Ladies und ihre Traumkörper, ihre Lust und Gier nach einem Mann, der sie glücklich macht.

Anhand seiner extraorbitanten Leistungen ist The Womanizer zweifelsohne DER Playboy des laufenden 21. Jahrhunderts. Wir sagen: Viel Spaß beim Lesen und Genießen dieses Buches!

ISBN 978-3-8482-0153-2
Books on Demand

Buch-Tipps vom Womanizer

The Womanizer
Verbotene Lust!
Sex ist mein Leben

In „Verbotene Lust!" führe ich Sie in meine geile Vergangenheit und präsentiere einige Raritäten und Perlen meiner sexuellen Lust. Da ich meine Abenteuer dokumentiere, weiß ich exakt Bescheid und kann detailgenau das schildern, was ich erlebe, wovon andere Männer nur träumen.

Auch wenn diese Lust eigentlich „verboten" ist, so ist sie für mich normal. Ich sehe nichts Schlimmes daran, dass ich mich sexuell auslebe und mir meinen Spaß auch in anderen Betten hole. Ich verletze meine Ehefrau Andrea ja nicht, sie kennt halt nur nicht die volle Wahrheit. Und die wird sie auch nie erfahren.

Freuen Sie sich auf meine sexuellen Abenteuer mit der Therapeutin Silva, das Maskenball-Spektakel, den sensationellen Vierer mit Kylie, Nele und Helene, die Sex-Toy-Verkäuferin Cathy, die Praktikantin Kerstin, das 18-jährige Kindermädchen Magda, und auf vieles mehr.

Sex ist mein Leben, daher werde ich stets die „Verbotene Lust" mitnehmen, leben und genießen, denn ich bin und bleibe The One & Only Womanizer!

ISBN 978-3-7460-4353-1
Books on Demand

Buch-Tipps vom Womanizer

The Womanizer
Meine besten Dreier
2 Ladies & The Womanizer

Was für viele Männer ein ewiger, unerfüllter Traum bleibt, ist für mich geile Realität: der sagenumwobene flotte Dreier! Ach, wie oft schon habe ich 2 Frauen gleichzeitig im Bett gehabt und sensationelle Stunden mit ihnen erlebt. Wenn auf einmal 4 Hände und 2 Münder loslegen und ihr Bestes geben, dann sieht man die Sterne funkeln.

Nach meinen Verkaufsschlagern „Ich, der Fremdgeher" Band 1-6 sowie diversen Specials ist es an der Zeit, der großen Nachfrage gerecht zu werden und den Spot auf meine allerbesten Dreier zu lenken. Hierbei gilt das Gesetz: Wenn ich Gruppensex habe, bin ich der einzige Mann! Platz für einen zweiten Mann gibt es dabei nicht. Und die Frauen, mit denen ich es treibe, müssen hübsch und geil sein. Sexhungrig und offen für alles.

Wenn meine geschätzte Frau Andrea von meiner Dreier-Leidenschaft wüsste, würde sie mich umbringen. Nun ja, einmal hat sie ja selbst mitgemacht, mit der süßen Lena. Dieser ganz besondere Dreier wird ausführlich im Werk behandelt und erhält als Abschlusskapitel den Ehrenplatz. Aber sonst bin ich für Andrea ein liebender, treuer und einfach der perfekte Ehemann und Partner. Bin ich ja auch, bis auf das mit der Treue …

Lassen Sie sich eines versichern: Wenn Sie bisher noch keinen Dreier mit 2 Frauen erlebt haben, Sie Armer, dann haben Sie wirklich etwas Ultimatives verpasst!

ISBN 978-3-7528-3132-0
Books on Demand

Buch-Tipps vom Womanizer

The Womanizer
Geile 18
Jung, Schön, Sexy & Versaut

Die Zahl 18 ist eine magische, denn sie beschreibt die Eigenschaften, die mir an Frauen wichtig sind: Jung, Schön, Sexy & Versaut! Ich spreche von Göttinnen, die soeben die Grenze vom Mädchen zur Frau überschritten haben und sich in einem überaus reizvollen Alter befinden.

Wenn ein Mädchen endlich volljährig wird, steht sie mir offen. Yeah! Ihre süßen, noch mädchenhaften Rundungen, ihr straffer, faltenfreier Körper, ihr naiver, unschuldiger Blick – all das verführt mich ungemein. Noch mehr verführen mich die 18-jährigen Luder, die es darauf anlegen. Die um Analsex betteln, Fesselspiele beherrschen, Sperma genüsslich schlucken und genau wissen, wie sie mich genial befriedigen können. Die mit 18 bereits alle Tabus abgelegt haben, um im Bett ihre und meine Erfüllung zu erleben.

Als Mann Ende 30, mit der tollen Andrea verheiratet und Vater zweier wundervoller Kinder, als renommierter Produzent und Gutverdiener, ist es mir eine Ehre, auch heute noch mir das zu holen, was ich will. Sexuell. In meinem Leben habe ich bereits über 1.500 Frauen im Bett gehabt, davon waren sicher 100 dabei, die Sweet Little Eighteen waren.

Aufgrund großer Nachfrage habe ich meine besten sexuellen Erlebnisse mit 18-jährigen Girls zusammengestellt. Und dabei festgestellt: Ein Buch reicht dafür nicht aus! Daher kündige ich jetzt schon eine Fortsetzung dieses Werkes an.

ISBN 978-3-7528-8060-1
Books on Demand

Buch-Tipps vom Womanizer

The Womanizer
Supergeile 18
So Jung, Schön, Sexy & Versaut

18 ist eine magische Zahl, denn sie beschreibt die Eigenschaften, die mir an Frauen wichtig sind: So Jung, Schön, Sexy & Versaut! Die Rede ist von Göttinnen, die soeben die Grenze vom Mädchen zur Frau überschritten haben und sich in einem überaus reizvollen Alter befinden.

Wenn ein Mädchen endlich volljährig wird, steht sie mir offen. Yeah! Ihre süßen, noch mädchenhaften Rundungen, ihr straffer, faltenfreier Körper, ihr naiver, unschuldiger Blick – all das verführt mich ungemein. Noch mehr verführen mich die 18-jährigen Luder, die es darauf anlegen. Die um Analsex betteln, das Fesselspiel beherrschen, Sperma schlucken und genau wissen, wie sie mich befriedigen können. Die mit 18 bereits alle Tabus abgelegt haben, um im Bett ihre und meine Erfüllung zu erleben.

Als Mann Ende 30, mit der tollen Andrea verheiratet und Vater zweier wundervoller Kinder, als renommierter TV-Produzent und Gutverdiener, ist es mir eine Ehre, auch heute noch mir das zu holen, was ich möchte. Sexuell. In meinem Leben habe ich bereits über 1.500 Frauen im Bett gehabt, davon waren sicher 100 dabei, die Sweet Little Eighteen waren.

Aufgrund großer Nachfrage habe ich meine besten sexuellen Erlebnisse mit 18-jährigen Girls zusammengestellt. Und festgestellt: Ein Buch reicht dafür nicht aus! Dies ist Teil 2, die Fortsetzung von „Geile 18"! Auf geht's in einen supergeilen Liebesstrudel, denn sie sind So Jung, Schön, Sexy & Versaut!

ISBN 978-3-7528-2472-8
Books on Demand

Buch-Tipps vom Womanizer

The Womanizer
Meine aufregendsten One Night Stand
Frauen, die ich nie vergessen werde

SEX ist mein Leben! Über 1.500 Ladies zwischen 18 und 50 habe ich bisher im Bett gehabt. Als liebevolle Mutter meiner Kinder ist meine langjährige Partnerin und Ehefrau Andrea immer noch meine absolute Traumfrau, der Sex mit ihr ist toll.

Dennoch, glücklich in Beziehung und erfolgreich im Beruf, wie ich es bin, brauche ich die Abwechslung im Bett, damit meine ich nicht die Bettwäsche, sondern Damen. One Night Stands sind ein probates Mittel, um unverbindlich und fröhlich sein Vergnügen zu erzielen. Viel einfacher als eine Affäre.

Ich bin Profi, was One Night Stands angeht. Zu viele habe ich schon erlebt und erlebe sie weiterhin, dass ich genau weiß, wie ich eine Frau, die ich geil finde, in mein Bett und von ihr Sex bekomme.

Für dieses Best of habe ich mich für die aufregendsten One Night Stands meines Lebens entschieden, mit Frauen, die ich niemals vergessen werde. Lassen Sie sich inspirieren von meinen Taten, tauchen Sie ein in den Körper des Womanizers, und ab geht die Bett-Post!

ISBN 978-3-7528-4102-2
Books on Demand

Buch-Tipps vom Womanizer

The Womanizer
Meine aufregendsten One Night Stand 2
Frauen, die ich niemals vergesse

SEX ist mein Leben!! Über 1.500 Ladies zwischen 18 und 50 habe ich bisher in meinem Bett gehabt. Als liebevolle Mutter meiner beiden Kinder ist meine langjährige Partnerin Andrea immer noch meine absolute Traumfrau.

Dennoch, glücklich in Beziehung und erfolgreich im Beruf, wie ich es bin, brauche ich ständige Abwechslung im Bett, und damit meine ich nicht Bettwäsche, sondern Damen. ONS, One Night Stands, sind ein probates Mittel, um unverbindlich sein Vergnügen zu erzielen. Viel einfacher als eine Affäre.

Ich bin Profi, was One Night Stands angeht. Zu viele habe ich schon erlebt, dass ich genau weiß, wie ich eine Frau, die ich geil finde, ins Bett und von ihr Sex bekomme.

Für dieses Best of habe ich mich für die aufregendsten ONS meines Lebens entschieden, mit Frauen, die ich niemals vergesse. Ich wünsche Ihnen viel Freude mit meinen allergeilsten One Night Stands Teil 2!

ISBN 978-3-7460-4936-6
Books on Demand

Buch-Tipps vom Womanizer

The Womanizer
In MILF Paradise
Extravagante sexuelle Erlebnisse mit scharfen Müttern

MILF (Mothers I´d like to fuck) sind etwas Exklusives, denn sie sind sexy, rattenscharf und geil. Ich habe in meinem Leben bereits über 1.500 Frauen im Bett gehabt, Dutzende waren horny MILF. Viele davon verheiratet, einige Single. Die jüngste MILF war 18, die älteste 47.

In diesem Werk habe ich meine extravagantesten sexuellen Erlebnisse mit ebendiesen lasziven Müttern und Kindshüterinnen zusammengestellt. Meine Frau Andrea ist nach wie vor unwissend meines wilden Treibens. Ihr bin ich der perfekte Gatte und liebevolle Vater unserer 2 Kinder. Doch so sehr ich meine Frau liebe, treu sein kann und will ich ihr einfach nicht.

Das Projekt „In MILF Paradise" entstand durch mein sensationelles Erlebnis mit Kollegin Nina, 23-jährige Mutter des kleinen Anton (2). Nina war der helle Wahnsinn! Ihr gebührt daher auch der Startplatz. Freuen Sie sich auf meine geilsten Affären mit MILF-Mothers, die auch Sie ficken würden. Ich wünsche Ihnen viel Freude und Anregung beim Studieren und Lesen!

ISBN 978-3-7481-9116-2
Books on Demand

Buch-Tipps vom Womanizer

The Womanizer
Besiegt, Erobert & Geliebt
Wie ich Frauen über Wetten zum Sex bekomme

„Wetten, dass..?" – Wer kennt sie nicht, die einzigartige ZDF-Samstagabendshow, die knapp 35 Jahre lang die Welt erfüllte. Spektakuläre Wetten wurden durchgeführt. Wetten spielen auch in my life eine große Rolle. Ich wette sehr gerne! Weil ich dadurch schon viele Frauen rumbekommen habe.

In vorliegendem Werk habe ich meine heißesten Sexgeschichten zusammengestellt, die ich mir erspielt habe. „Besiegt, Erobert & Geliebt" lautet diesmal das Motto. In der Regel bekomme ich Frauen so. Über 1.500 habe ich bereits im Bett gehabt, bald knacke ich die 2.000. Einige von ihnen musste ich aber ein wenig überzeugen, um es mit mir zu tun. Und hier kommen die Wetten ins Spiel.

Man muss Frauen nur eine reizvolle Wette anbieten, mit einem Gewinn für sie. Man muss sie auch am Ego packen. 7 geniale „Besiegt, Erobert & Geliebt"-Erlebnisse warten hier auf Sie. Sie sollen Sie inspirieren und Ihnen zeigen, welche Tricks mir halfen, die Nuss doch noch zu knacken.

ISBN 978-3-7528-9408-0
Books on Demand

Buch-Tipps vom Womanizer

The Womanizer
Meine wildesten Erlebnisse
Wenn Fantasien Wirklichkeit sind

Der Womanizer ist back, mit seinen wildesten Sex-Erlebnissen im Gepäck. Wir blicken auf Highlights meiner Laufbahn. Yasmin, die als Teenager in mich verliebt war. Gut 20 Jahre später kommt es zur sexuellen Reunion.

In Irland hatte ich in 14 Tagen 3 Frauen. Meine Gattin Andrea war früher auch nicht ohne: Was ich in ihrer „Magic Box" fand, war brisantes Sex-Material. Ich interessierte mich für die Nutte Agnes, doch es kam alles ganz anders. Tinder-Fick: Janka war eine krasse Lady mit krassen Vorlieben. Und was ich mit meiner älteren Schwester erlebt habe, sollte ich besser für mich behalten.

Ich bin Fan von sinnlichen, erotischen Massagen. So gerne lasse ich mir dort meine Palme wedeln. Als Blue Man Sex zu haben, wer kann das schon behaupten? Dann darf die 19-jährige süße Quirina nicht fehlen, Tochter meines Ex-Chefs. Es sind 112 Seiten Erotik und wilde Erlebnisse, die Dich anregen sollen, es mir gleich zu tun. Live sex and enjoy life!

ISBN 978-3-7504-9750-4
Books on Demand

Buch-Tipps vom Womanizer

The Womanizer
AusgeSEXt
Das End meines Glücks?

Ist dies das Ende des Womanizers? Meine geliebte Ehefrau Andrea hat mich rausgeschmissen und verlangte eine Auszeit. Ich
organisierte mir eine Mietwohnung und ließ es krachen. Gott sei
Dank nahm mich Andrea nach einem halben Jahr wieder zurück. Glück gehabt!

Während dieser heiklen Phase poppte ich so einiges: Daphne
(18) hatte sich über den Wendler-Komplex in mich verliebt. Mit
ihren sexy Schulfreundinnen vernaschte sie mich gleich mehrmals. Heidi war nicht nur meine Immobilienmaklerin, auch eine
gute Gespielin im Bett. Der sexuell blockierten Maren erteilte
ich Lektionen in Lust und Leidenschaft. Die reizvolle Tattoo-
Lady Jackie (34) verführte mich mit ihrem Körperschmuck.

Cornelia und Leonie angelte ich mir für einen flotten Dreier und
mehr. Sonja war für mich unerreichbar. Also trickste ich und
machte sie gefügig. Käuflich bin ich nicht. Das musste die er-
folgreiche Geschäftsfrau Laetitia erkennen. Statt meiner Firma
ließ ich sie etwas anderes schlucken. Und mein Business-Trip
nach Holland brachte mich mit Susanna zusammen. Eines steht
fest: AusgeSEXt habe ich noch lange nicht!

ISBN 978-3-7494-3471-8
Books on Demand

Buch-Tipps vom Womanizer

The Womanizer
Der frühe Vogel fängt den Wurm
Sweet Memories

Wer ein Womanizer werden will, muss früh beginnen. In diesem Special widme ich mich einigen meiner frühen Sex-Abenteuer. Ich stelle Raliza vor, mit der ich meinen ersten Sex hatte. Die scheue Flavia weihte ich in die Sex-Kunst ein. Gleichzeitig genoss ich ein heißes Programm mit ihrer älteren Schwester Franziska. Während meiner Abi-Zeit ließ ich es richtig krachen:

Ich bumste meine sexy Sportlehrerin Sarah. Bei den Bayerischen Meisterschaften in Badminton legte ich Dorothea und Rebecca H. flach. Die bilderbuchhübsche Susanne bekam ich über die Chloe. Aus einer vertrauensvollen Bruder-und-Schwester-Beziehung mit Jasmin wurde inniger Sex. In Irland vögelte ich Pippa, Emma und Teamleiterin Becky.

Auf einem Musik-Festival genoss ich mit Natascha und Doreen einen lustvollen Dreier. Meine schicke Nachbarin Juli hasste mich zuerst, doch dann liebte sie mich, da ich ihre Orgasmus-Probleme löste. Genießt diese heiße Auswahl meiner versexten Jugend!

ISBN 978-3-7519-8008-1
Books on Demand

Buch-Tipps vom Womanizer

The Womanizer
Der Robinson-Playboy
Von blauen Männern und heißen Girls

Bevor ich meine Frau Andrea kennenlernte, zelebrierte ich mein Leben als Animateur im Robinson Club in Soma Bay. Dieses Buch enthält meine geilsten sexuellen Abenteuer aus meiner Studentenzeit und aus meinem Auslandsaufenthalt im Paradies.

Wir starten mit der süßen Julia, die bis heute Platz in meinem Herzen hat. Die hübsche Lesbe Alice war in unserer Sportgruppe und wollte einen Mann ausprobieren. Soma Bay: Im Kicker-Duell erspielte ich mir Sex mit Tanz-Choreo Anush. Meine 28-jährige Teamchefin Ronda war eine top Beach-Volleyballerin, doch ich war besser. So musste sie mich erotisch massieren. Zwaantje war Kickboxerin. Als Special Guest prügelte sie Gäste durch ihre Kurse, im Bett konnte sie sehr zärtlich sein.

uirina war Clubchef Uwes Tochter. Ein hübsches Ding. Die -Jährige verliebte sich in mich und ich erlebte mit ihr äußerst ige Tage. Als Blue Man Sex zu haben, ist etwas sehr Exklu-. Blaue Ficks entstanden. Zurück in Deutschland nervte Nachbarin Ariel, doch aus dem Langstrumpf-Pippi-Ver-t wurde ein sexy Girl. Viel Freude mit blauen Männern ißen Girls!

78-3-7494-3318-6
Demand